八月の蜂起

小説フランス革命11

佐藤賢一

集英社文庫

八月の蜂起　小説フランス革命11　目次

地図・関連年表デザイン／今井秀之

【前巻まで】

1789年。飢えに苦しむフランスで、財政再建のため国王ルイ十六世が全国三部会を召集。聖職代表の第一身分、貴族代表の第二身分、平民代表の第三身分の議員がヴェルサイユに集うが、議会は空転。ミラボーやロベスピエールら第三身分が憲法制定国民議会を立ち上げると、国王政府は軍隊で威圧、平民大臣ネッケルを罷免する。激怒したパリの民衆はデムーランの演説で蜂起し、圧政の象徴バスティーユ要塞を落とす。王は革命と和解、議会で人権宣言も策定されるが、庶民の生活苦は変わらず、パリの女たちが国王一家をヴェルサイユ宮殿からパリへと連れ去ってしまう。

王家を追って、議会もパリへ。タレイランの発案で聖職者の特権を剝ぎ取る教会改革が始まるが、難航。王権擁護に努めるミラボーは病魔におかされ、志半ばにして死没する。

ルイ十六世は家族とともに亡命を企てるが、失敗。王家の処遇をめぐりジャコバン派から分裂したフイヤン派は、対抗勢力への弾圧を強め、シャン・ドゥ・マルスで流血の惨事が。憲法が制定され、立法議会が開幕する一方で、革命に圧力をかける諸外国に対抗すべしと、戦争を望む声が高まってゆく。そして、ジロンド派内閣のもと、ついに開戦へ——。

革命期のフランス

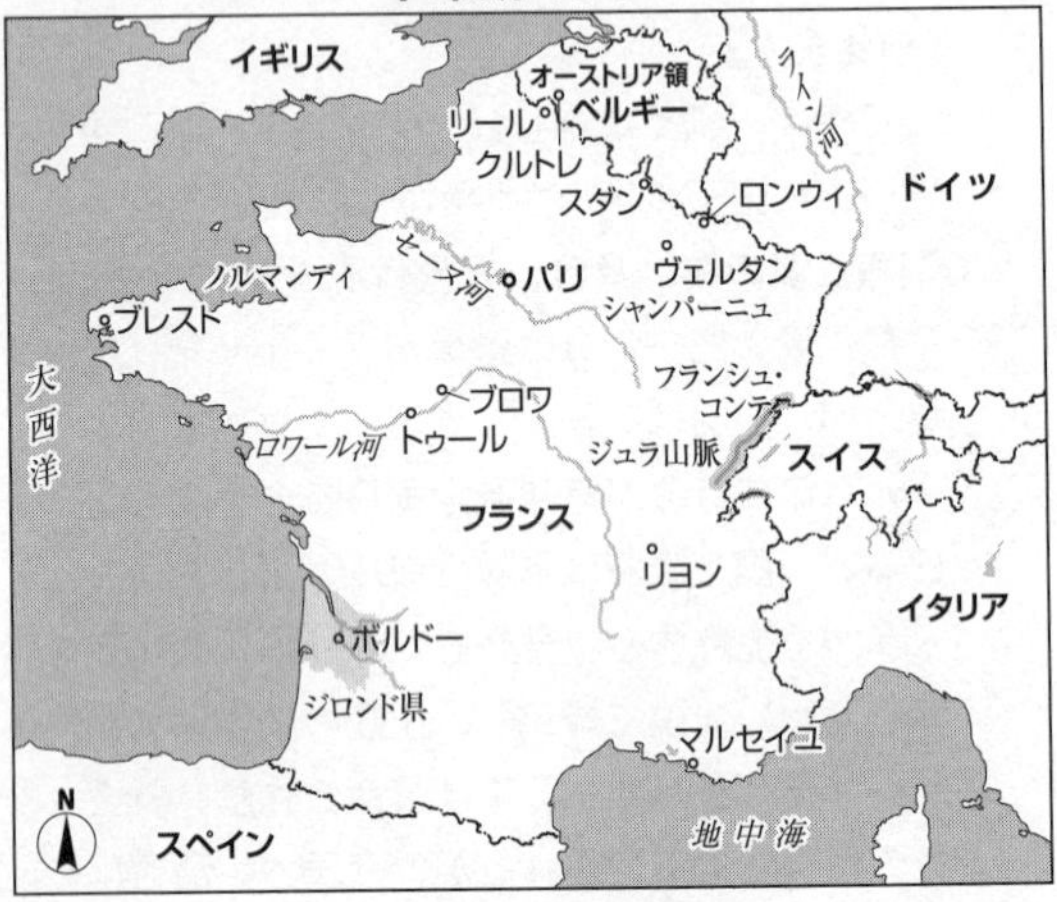

革命期のパリ市街図

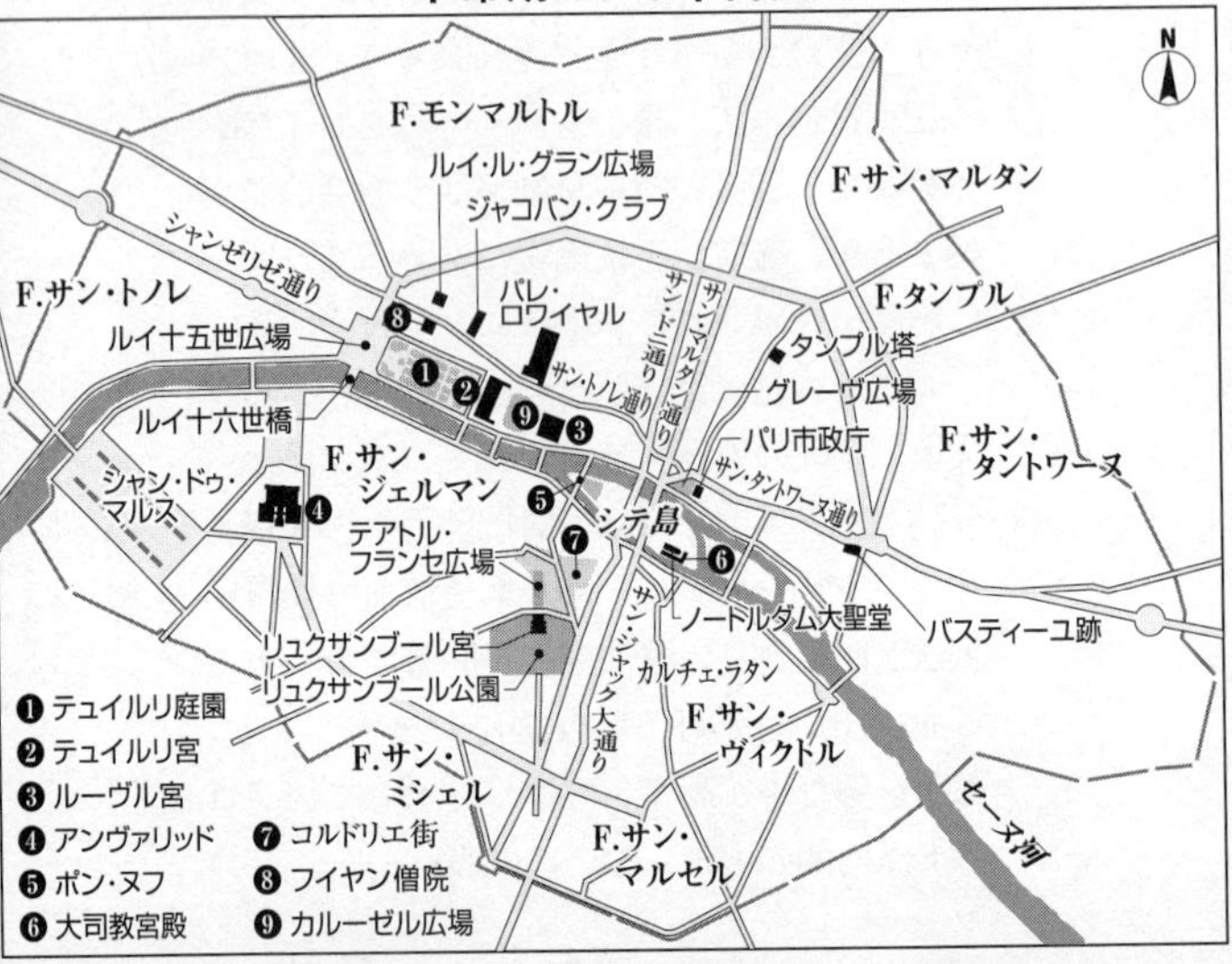

＊主要登場人物＊

ロベスピエール　ジャコバン・クラブ代表。弁護士

デムーラン　新聞発行人

ダントン　パリ市の第二助役。コルドリエ・クラブの顔役

ロラン　元内務大臣

ロラン夫人　ロランの妻。サロンを営む

ブリソ　立法議会議員。新聞発行人

ペティオン　パリ市長

ルイ十六世　フランス国王

マリー・アントワネット　フランス王妃

ラ・ファイエット　元国民衛兵隊司令官

ヴェルニョー　ジロンド県選出の立法議会議員

サンテール　麦酒醸造会社社長。コルドリエ・クラブの活動家

モーリス・デュプレイ　ジャコバン・クラブ会員。ロベスピエールの下宿の大家

レベッキ　マルセイユ連盟兵の将校

リュシル　名門ブルジョアの娘。デムーランの妻

Allons enfants de la Patrie,
Le jour de gloire est arrivé!

「行こう、祖国の子供たち、
栄光の日は来り」
(『ラ・マルセイエーズ』より)

八月の蜂起

小説フランス革命11

1――敗北

「負けた」

ふと口を衝《つ》いて出た言葉が、心に小さな穴を穿《うが》つ。みるみる大きくなったと思うや、その底もみえない暗さのなかに、ズブズブと呑《の》まれていく。もがいても、もがいても、容易に這《は》い上がることができない。そんなイマージュに襲われて、ロラン夫人は今も慄然《りつぜん》とすることがあった。

――このまま沈んでなるものですか。

慌てて自分を取り戻そうとするのだが、しっかり現実を見据えなおしても、事実は事実としてあった。すなわち、一七九二年六月二十日は負けた。ここと期して大勝負を挑みながら、ルイ十六世に負けた。

赤帽子《ボネ・ルージュ》をかぶらせたり、国民のために乾杯《ヴィーヴ・ナシオン》といわせたり、なるほど多少の辱《はずかし》めなら加えることができたかもしれない。が、かたわらではジロンド派の大臣を復職させることはおろか、拒否権の取り消しさえ容《い》れられず、要求のことごとくを撥《は》ね返されてしまった。

――まさに完敗だわ。

その事実は受け止めなければならない、とロラン夫人は思う。きちんと受け止め、咀《そ》嚼《しゃく》しておかなければ、もう次はないからだ。言葉のうえで誤魔化《ごまか》して、うまく心の波風を収めても、敗北が勝利に転ぶわけではないのだ。

実際、たちまち逆風が吹き荒れた。陳情、請願、建白と形は違えど、フランス八十三県のうち七十五県までが、パリの行動を非難する声明を出した。そのパリにあっても、能動市民《アクティフ》二万人の署名において、騒擾《そうじょう》関係者の懲罰が求められた。

パリ市長ペティオン、ならびに第一助役マヌエルも停職処分を受けた。パリ市の上部管区たるパリ県が、騒擾の発生に遅れるところ甚《はなは》だしかった対応の拙《まず》さを不祥事として、六月二十日の責任を問うとしたのだ。

勢いを取り戻すどころか、ジロンド派は逆に窮地に追いこまれていた。

――反対に、あちらの王は人気急上昇になった。

群集の突入にも逃げずに応じた勇気。下々《しもじも》にも丁寧に応じる誠実さ。人々の無礼にめげず、数時間も凌《しの》ぎ続けた忍耐力。そして毅然《きぜん》と自らを貫いた信念の強さ。

その日のルイ十六世には、確かに世人を魅了するものがあった。まさしく王者の振る舞いだとして、評価が高まるのも道理だった。

事件から四日たった六月二十四日、王はパリ国民衛兵隊第六師団、かねて王に好意的と定評あったサン・ジェルマン区の国民衛兵隊を召して、晴れやかな観閲式を行った。如才なくも三色の徽章《きしょう》を帽子につけながら、ルイ十六世は颯爽《さっそう》たる騎馬姿で見物の人々の拍手喝采《はくしゅかっさい》をほしいままにした。

――ジロンド派は、ますます窮地に追いこまれる。大臣など更迭《こうてつ》されて当然なのだと思われる。王の拒否権行使も正しかったとみなされる。

それどころか、ジロンド派がやろうとしていることなど、フランス国民のためにならないのだと決めつけられて、その施策ことごとくが端《はな》から敬遠されてしまう。

「……………」

笑い声が聞こえていた。どういう笑いなのか、話の脈絡が取れたわけではなかった。それでもロラン夫人は、一緒に笑いたいと思った。

少なくとも励まされたかった。ああ、気持ちを暗くしても始まらない。悲観ばかりで活路が開かれるわけではない。敗北を受け止めるというならば、それこそ笑わなければならない。

ホスト役のロランに迎えられて、その日もブリソ、ペティオン、ヴェルニョー、ガデ、デュコ、ジャンソネ、イスナールという面々が詰めていた。薄い硝子《ガラス》の杯が、あちらこちらで鈴の音のように鳴っていた。ジロンド県の連中がボルドーの名酒を持ちこんだのは確かだが、だからといって酩酊《めいてい》するほど飲んでいるわけではなかった。

酔いに任せるような、虚《むな》しい明るさではない。馬鹿騒ぎしている明るさでもないながら、それでも広間は暗さがないのだ。

英国館《ブリタニク》の雰囲気は変わらなかった。

二法案に拒否権が発動され、ジロンド派の大臣が更迭され、デュムーリエの説得さえ容れられず、ならば王に一撃加えなければならないと、あれやこれや論じていた六月二十日以前より、かえって明るい風さえあった。

ロラン夫人は思う。この明るさこそ、ある意味ではジロンド派だ。議論というより歓談というようなやりとりが、えんえん続いているというのも、またジロンド派本来の風景なのだ。

「それにしても、真面目《まじめ》な話、一時はどうなることかと思いました」

話を改めながら、また杯を干したのはヴェルニョーだった。酒に酔うというほどではないながら、いつもより少しだけ躁《そう》の気《け》がある。

答えたブリソにしても、痩《や》せた身体《からだ》を前に折り、はたまた後ろに反らしとやりながら、珍しくも声まで上擦《うわず》り加減だった。ああ、そう、その通りだ。

「フイヤン派の天下は揺るぎないのか、やはり破れないのかと、まさしく途方に暮れたものさ」

　再び事実を顧みれば、六月二十日の王の勝利は、今も内閣を握り続けるフイヤン派の勝利でもあった。パリ市長ペティオンと第一助役マヌエルの停職処分も、パリ県の執行部がフイヤン派で占められている事情と無関係ではない。

　土台がヴァレンヌ事件を不問に付すという、ある種の共犯関係において、固く結びついていた両者である。王とフイヤン派は今もって一心同体にみえた。が、それゆえに折角の王の勝利が割り引かれ、あるいは台無しになったのだ。

　洩《も》れるや、そのまま転げたような笑い声さえ伴わせて、ブリソは続けた。

「はは、ふふ、だから、ふふ、ラ・ファイエットには本当に救われたよ」

　いわずと知れたフイヤン派の領袖《りょうしゅう》のひとり、開明派貴族の首領という感もある大立者《おおだてもの》が、またしてもといおうか、その存在感にそぐわない軽はずみな真似《まね》をしていた。六月二十八日、将軍として戦場にあるはずのラ・ファイエットは、突如としてパリに姿を現した。のみか議会に乗りこんで、その壇上から議員に呼びかけたのだ。

「六月二十日を発案し、また煽動《せんどう》した輩《やから》は国家反逆罪で訴追されるべきことを、さらにまた、公論がその意図の不健全さを疑いえないまでになったセクトが破壊されるべきことを、今こそ議員諸氏の名において命じてください」

　ラ・ファイエットのいう「セクト」とは、ジャコバン・クラブの意なのだと思われた。

すなわち、六月二十日の関係者を弾劾《だんがい》するに留《とど》まらず、政治クラブそのものを解体させようとした。ひいては自由な言論さえ否認しようとしたのだ。

「暴論を吐きも吐いたり、別な意味では感心するね、あの『両世界の英雄』には」

「いや、ブリソさん、それも最中《さなか》はヒヤヒヤものでしたよ」

ガデが会話に絡んできた。戦場に出ているべきラ・ファイエットが、勝手にパリに来るというのは、戦線離脱、あるいは脱走にも等しい。そうやって、六月二十八日のうちに議会で告発を試みた議員が、嚙《か》みかかる狐《きつね》にも似た顔のガデだった。

が、それは聞き入れられなかった。六月二十日に続く空気のなか、逆に議会は三百三十九対二百三十四で、ラ・ファイエット支持を決めてしまった。

「だから、結局のところは空気なのさ。王の勝利も、フイヤン派の優勢も、つまるところ空気だから、それで追いこまれた窮地なら、それで相手を窮地に追いこむこともできる。世論さえ拵《こしら》えてしまえば、それこそラ・ファイエットなんか、恐れるに足らずなのさ」

受けたブリソは、いよいよ鼻孔を膨らませ気味に、まさに自信の表情だった。この論客は議会に通じないならばと、同二十八日の夜にはジャコバン・クラブの壇上に登った。ラ・ファイエットにこそ裏切りの嫌疑あり、戦場における怠惰はオーストリア、プロイセンという敵国に優位を提供しているも同然だと非難して、反撃の狼煙《のろし》としたのだ。

「空気といえば、相変わらず読めないラ・ファイエットは、こちらも調子に乗りすぎましたしね。セクトの破壊とかなんとか、本気でやるつもりだったようですしね」

と、ガデも受けた。実際、将軍は議会を後にした足で、テュイルリ宮に参内《さんだい》した。二十九日に予定されていた国民衛兵隊第一師団の観閲式に立ち会い、その指揮権を掌握するや、実力行使でジャコバン・クラブの閉鎖を進め、一時的な独裁を樹立したい旨、ラ・ファイエットは真正面から王に訴えてのけたのだ。

「はん、その観閲式を中止したというんだから、さすがルイ十六世は国民に見直された陛下だけあるというべきか」

「暴論に次ぐ暴挙というわけですから、良識派の王ならずとも、そっぽを向いてしまいますよ。実際、二十九日のラ・ファイエットはシャン・ドゥ・マルスに動員をかけましたからね。ならばと自力でクー・デタを敢行するつもりだったわけですからね」

「ところが、応じた国民衛兵は、たったの三十人」

そうブリソがまとめると、あけすけな爆笑さえ広間の壁を震わせた。

なるほど、かねて落ち目とも揶揄《やゆ》されていたラ・ファイエットであれば、微妙な空気の変化ひとつにも勝てなかった。なにを強行することもできず、戦場に戻るしかなくなるという喜劇を演じることで、自ら世論を揺り戻すきっかけになっただけだ。もちろん、王とフイヤン派の不利にだ。

それはジャコバン派、わけてもジロンド派が有利を取り戻す、またとない好機でもあった。

2――復権に向けて

「だから、ヴェルニョー、君の演説は決定打だったよ」

ブリソは若き雄弁家に水を向けた。同郷の盟友については、ガデにしても手放しの持ち上げ方だった。ああ、七月三日の議会演説ですね。その日の審議が終わるや、活字に起こされて、八十三のフランス全県にあまねく発送されたという、我らが記念碑的な演説のことですね。ああ、ヴェルニョー、君が形式的合憲主義と名づけて、あえて試みた非難こそは、まさに新しい論点だった。

「憲法が王に大臣の選任を委《ゆだ》ねているのは、我らがフランスの幸福のためか、それとも破滅のためなのか。憲法が王に軍隊の統帥権《とうすいけん》を与えているのは、我らがフランスの栄光のためか、それとも恥辱のためなのか。憲法が王に拒否権を与え、かつまた王室費を認めているのは、憲法自身と祖国とを合憲のうちに滅亡させんとするためなのか」

ヴェルニョーの着想は「憲法が求めるところをするだけだ」というルイ十六世の決め

文句を、逆手に取ろうとするものだった。かかる論理自体が、王が人気を取り戻しつつある現下、博打《ばくち》といってよいくらいの試みだったが、さすがの雄弁家は乾坤一擲《けんこんいってき》の名演説をものにして、それを見事に当てたのだ。

「まあ、あれで空気は五分《ごぶ》に戻ったといえるかもしれませんね」

軽々しい性格だけに普段は自信家のヴェルニョーも、いくらか照れ加減だった。それをブリソは逃さない。

「五分どころか、一気に逆転の域に進んだよ。あの頃からフイヤン派が焦り始めたからね」

「デュポールが王に再度の逃亡を促したという話でしょう。ときにブリソさん、それって本当に本当なんですか」

再びガデが話に入った。ええ、コンピエーニュに逃れて、向こうに臨時政府を打ち立てる計画があったと、そういう話は私の耳にも入っているんですが。

「信憑性《しんぴょうせい》は高いとみている。フイヤン派内部でも激論になったようだ。あげくが内紛まで起こした。それが七月十日の内閣総辞職だったという見方が有力だよ」

その思いがけない展開も事実だった。デュポールとラメットの肝煎《きもい》りで、六月十八日に成立した内閣は、七月四日さらに法務大臣デュラントンを更迭《こうてつ》、かわりにエティエンヌ・ルイ・エクトール・ドゥジョリを据えて、ますますフイヤン派の色を濃くしていた。

それが事実上の内部分裂ともいわれる騒動を受けて、自ら総辞職を決めたのだ。ラ・ファイエットの失態を受けて、なお覇権を維持するかにみえた与党が、ここに来て意外なくらいの脆《もろ》さを露呈させていた。

「けれど、あれはブリソ、君の演説が決定打になったのじゃないかね。七月九日の議会演説のことだよ。王と閣僚を真向《まっこう》から非難して、『革命的大臣』の抜擢《ばってき》を訴えた、またしてもの名演説のことだよ」

ロラン夫人が思うに、互いの褒め合いが際限ないという運びも、またジロンド派らしいものだった。らしいというなら、それがペティオンの発言だっただけに、いよいよ復権を信じようという気にもなる。

今日七月十三日をもって、パリ市長ペティオンと第一助役マヌエルの停職が解かれた。パリの十七街区《セクシオン》が議会に請願を届け、その勧告でパリ県も折れざるをえなくなった。

象徴的な出来事とみれば、これで六月二十日が帳消しになったとも考えられる。だからこそ、ジロンド派のサロンでは和気藹々《わきあいあい》と、明るい談笑が続くのである。

「ロランさん、あなたが再び内務大臣官邸に引越す日だって、もう近いのじゃありませんか」

ペティオンは別に話を転じていた。肉を削《そ》ぎ落としたような痩《や》せた頬《ほお》を、いっそう尖《とが》らせるような笑みになって、ロランは受けた。いや、なにも私は復職それ自体に固執するわけではありません。けれども、仕事にはこだわってきましたから、昨今の様子は、ええ、正直まんざらではありませんな。

「七月二日の法案のことです。連盟兵は前線基地のソワソンに移る前に、指定の陣営で予備役をなすべきと定めた法案、あれには胸がすく思いがしました」

パリ近郊に威圧の兵力を置けるわけですからな。ルイ十六世陛下には、ひとつ観閲をお願いしたいものですな。それも二万人になるという計算ですからな。常ならぬ陽気口で、皮肉まで出たというのは、拒否権が発動された六月八日の法案が、事実上達成される運びになったからである。

内務大臣として再考を促した説得は、ルイ十六世に綺麗《きれい》に無視された格好だっただけに、どんなものだとロランには意趣を返した気分があるのだ。

「ええ、ええ、そのときの御尊顔こそ、是非にも拝謁《はいえつ》させていただきたいものです」

しつこく続ける夫の気持ちは、理解できないではなかった。こだわらずにいられなくなるまで追い詰めたのは、あるいは自分だったかもしれないとも思う。それでもロラン夫人のほうは、一緒に喜ぶ気にはなれなかった。本質を取り違えていると思うからだ。

——連盟兵に陣営など築かせても、それほどの意味はない。

鈍感なルイ十六世は、もとより脅威など覚えない。そんなことは、どうでもよく、むしろ大切だったのは、王家を屈服させたという印象だった。これで「オーストリア委員会」は身動きならないはずだと、大衆に溜飲《りゅういん》を下げさせなければならなかったのだ。できなければ、いつまた敗戦の責任を問う声が上がるかわからないのだ。

――戦況は依然かんばしくない。

ラ・ファイエットがパリに戻れるくらいであれば、フランス軍の動きは鈍いままである。ラ・ファイエットが前線を空けた間に、リュクネール将軍のほうは動いたが、これまたベルギーに入るか入らないかで退却してしまった。なんのつもりか、要衝クルトレを放棄して、一気にリールまで退《ひ》いた。

オーストリア軍、プロイセン軍の活発な進軍ばかりが聞こえてくる。これで向後《こうご》の戦争は国境のこちら側、つまりはフランス国内で行われることが決定的になった。

七月十一日の議会は「祖国は危機にあり《ラ・パトリ・アン・ダンジェ》」の宣言を採択していた。

しばらく政争に終始していたが、開戦の衝撃で国内問題を一掃しようというのが、ジロンド派の本来的な政策である。戦時の意識を改めて喚起し、さらに敗戦の危機感を煽《あお》ることで、民心の引き締めと団結を遂げられれば、元の独壇場に返り咲くことも夢ではない。

――が、それまた綱渡りにすぎない。

それもフランス軍が勝たないかぎりは、どうしようもない。勝てないならば、政権など取り戻しても、それを維持することができない。

——あるいは……。

ロラン夫人の自問をよそに、面々の和やかな歓談は続いていた。

「連盟兵がパリに集まるといえば、もう明日は全国連盟祭ですね」

「ああ、ガデ君、今年も七月十四日が来るな」

「で、ペティオンさん、どうします」

「復職なったからには、明日にはパリ市長として、第三回全国連盟祭の開催を高らかに宣言するよ。公《おおやけ》の場に姿を現すことで、ジロンド派の復活を印象づけることにもなるからね」

「ええ、ええ、それに異存はありません。けれど、それだけなのですか」

「というと」

「やらないんですか、今度は」

そう続けたガデが、ちらと自分をみたのがわかった。滅多にないことに、ロラン夫人は少し慌てた。やるというのは、蜂起《ほうき》の意味だろう。六月二十日のそれを持ちかけた張本人に、今度も意向を確かめたいということだろう。

全て瞬時に理解しながら、なお言葉は容易に出てこなかった。そのまま皆に視線を注がれるより先に、大声がガデの話を受けてくれた。

「またダントンなんかに頼もうっていうのかい」

ヴェルニョーだった。冗談じゃない。さんざ大言壮語しておきながら、あの体《てい》たらくだったんだよ。六月二十日の記念日に失敗したから、今度は七月十四日の記念日だなんて任せたところで、同じことの繰り返しさ。ルイ十六世の株を上げなおして、瀕死《ひんし》のフイヤン派に息を吹き返させるだけさ。

「それを挽回《ばんかい》しなくちゃいけないからなんて、乾坤一擲の演説を頻々《ひんぴん》と求められるんじゃあ、この私だって合わないよ」

軽薄な雄弁家にまとめられて、また広間に笑いが満ちた。ジロンド派が明るい理由は、もうひとつにはこれだった。すなわち、六月二十日はダントンの奴《やっ》が勝手にこけただけだ、自分たちがしくじったわけではないと、そう思うのだ。

窮地に追いこまれたことは、わかる。他人事《ひとごと》ではないことも実感している。雰囲気が明るいからといって、ジロンド派は馬鹿ではない。が、それでも自分の落度ではないと思うだけ、空気に好転の兆しさえあれば、もう深刻に落ちこむような風は皆無になる。

「曲げて頼もうにも、ダントンの奴、いなくなってしまったしね」

ジャンソネが上品顔で続ければ、さらに笑いは大きくなる。ダントンは確かに六月二十日の夜から、行方が知れなくなっていた。パリを逐電《ちくでん》したともいわれ、実際に一週間たち、二週間たちしても、その巨体はサロンから消えたままである。

「いや、めでたい。あの野放図な男も文明社会の一員として、かろうじて恥の概念を理解していたということさ」

ヴェルニョーの毒舌も、やや過ぎる感が濃くなってきた。それでも笑いは絶えないのだ。ジロンド派が明るいというならば、ダントンのような異分子、つまりは本来の調子を乱す人物がいなくなったからと、そういうことなのかもしれなかった。

――にしても、嘲《あざけ》るような風は気になる。

上辺はあわせた微笑の下で、ロラン夫人は思わずにいられなかった。

ダントンのせいにするのは、よい。自分にせよ、ダントンは期待外れだったと考えている。実際、六月二十日の敗北は、八割方がダントンの責任である。自信過剰な豪語を信用して、二度まで蜂起を任せるつもりもない。が、それだからと、ジロンド派の面々にダントンを見下す資格があるとも思われてこなかったのだ。

――なにもしなかったくせに……。

ロラン夫人は内心憤然としてさえいた。ダントンを嘲る笑いが業腹《ごうはら》なのは、また自分も一緒に嘲られている気がするからだった。ええ、蜂起を実行したのはダントンだけれど、それを持ち出したのは私です。ええ、ええ、サン・キュロット（半ズボンなし）を使おうなどと考えたのが間違いだったと、そうも反省しています。そも他人に任せるべきではなかったのかもしれません。私自身で直《じか》に指図できない仕事であるなら、最初から試みるべきではなかったとも痛感しています。けれど、もしなにか思いつき、あるいは行動に移したとして、あなた方に私以上のことができたかしら。

3――敗戦処理

「いや、ダントンに頼れとはいってません」

ええ、そうはいっていませんよ。笑いを切り上げ、ガデが話を戻していた。ただパリの世論も我々のところに戻りつつある今、またぞろ人々に蜂起《ほうき》を煽《あお》るというのは、それほど難しいわけではないのじゃないかと。

「七月十四日という革命の記念日を捕えれば、さらに成功する確率は高くなるのじゃないかと」

「なるほど、駄目押ししておきたいところではあるな」

太眉《ふとまゆ》を動かしながら、新たに発言を試みるのは、激情家の嫌いがあるイスナールだった。ああ、これを機会とフイヤン派を完膚《かんぷ》なきまで叩《たた》き潰《つぶ》すんだ。見直されたとするならば、ルイ十六世の人気にも早めにケチをつけておく必要がある。

「まあ、共和政という声も完全に絶えたわけではないしねえ。それが廃位の要求となると、今もって熱心に叫ばれる風があるしねえ」

「だから、ペティオン市長、ルイ十六世にすっかり取り戻されてしまわないうちに」

「確かに……」

と受けたのは、あろうことかヴェルニョーだった。確かにイスナールの言い分には一理あるな。ええ、ペティオン市長、六月二十日の顚末《てんまつ》にしたって、話を一緒くたにするべきではないのかもしれませんよ。ダントンに頼んだのが間違いであって、蜂起自体は有効な手段だったのかもしれませんよ。

「違いますか、ロラン夫人」

今度こそ名前を出された。ヴェルニョーとしては弁護してやるくらいのつもりだったろうが、依然としてロラン夫人は愉快に思うわけではなかった。ええ、そうですわねと大きな笑顔で応《こた》えながら、そのまま屈託なくいられる自信もなかった。どうして、こうまで短絡的なのかと、胸のうちでは輪をかけて憤然としていたからだ。

それだけに、今度は流すではなかった。ええ、最初に皆さんに、いくつか確かめさせてもらってよろしいかしら。

「どうぞ、ロラン夫人」

「また蜂起を画策するとして、ダントンさんに頼むのでないとなると、今度はどなたが」

「もちろん、今度こそ私たちです」

「ええ、イスナールのいう通りだ。ダントンにできるものなら、私たちにできないはずがない。ええ、ええ、ダントン以上の蜂起を実現してみせますよ」

ヴェルニョーは胸を叩いた。もちろん、ロラン夫人は上辺は笑顔で受け止める。しかし、である。

「ジロンド派きっての雄弁家が声を上げれば、なるほど、ダントンさんなんか目じゃないでしょうね。けれど、それで蜂起を成功させられるでしょうか」

「私でも力不足ということですか」

「そうはいっておりません。ヴェルニョーさんの力量には全幅の信を置いております。我らジロンド派には他にも錚々《そうそう》たる面々が揃《そろ》っています。ただ、そうした力を全て結集したとしても、果たしてパリの人々は私たちに従ってくれるものでしょうか」

「どういうことです、ロラン夫人。サン・キュロットを動員するには、やはりダントンに頼るしかないという御考《おかんが》えですか」

「ヴェルニョーさん、いったんダントンさんを離れましょう。実際のところ、今のパリはダントンさん以上にロベスピエールさんに従うだろうと、私、そんな気がしてならないのです」

浅はかな女の第六感にすぎませんが。そうは付け足しながらも、ロラン夫人は自分が出した名前の効果を疑わなかった。

事実、お喋《しゃべ》りで知られたジロンド派の面々が、その刹那《せつな》に沈黙した。ふっと鋭く息を吹かれ、炎を奪われた蠟燭《ろうそく》さながらに、先刻までの明るさも綺麗に霧散してしまった。マクシミリヤン・ロベスピエールこそ、六月二十日後における論壇の中心だったと、それは誰もが否定しえない事実だった。

王の人気が高くなったと思えば、フイヤン派が自ら墓穴を掘り、ジロンド派が巻き返しをみせるものの、未《いま》だ決定的な手を打てない。全てが流動的で、先を見通すことなどできない、まさに混沌《こんとん》たる世情が立ち現れていればこそ、ぶれずに我が道を行く男、愚直に自分を曲げない清廉《せいれん》の士が、最大の影響力を発揮できたのだ。

実のところ、ラ・ファイエットの野望を挫《くじ》いて捨てたのは、ブリソの熱弁ではなかった。いや、確かにブリソも奮闘したが、その同じジャコバン・クラブでロベスピエールも、勝るとも劣らない激論を吐《き》いたのだ。

かねて軍事独裁の可能性を危惧《きぐ》していただけに、説得力は図抜けていた。その破壊力に乗じればこそ、ブリソの舌鋒《ぜっぽう》も力を振るえたし、世論を一気に取り戻すことにもなった。でなければ、ラ・ファイエットは昼の議会で支持されたばかりなのだ。尻切れ蜻蛉《とんぼ》で終わる結末など、ロベスピエールの介入なしには考えられなかったのだ。

人気を取り戻したばかりの王を責める、ヴェルニョー演説の効能についても同じだった。六月二十日の前も後も関係なく、ルイ十六世が民衆の人気を勝ち得ていようがいまいが、全て綺麗《きれい》に無視しながら、かねてロベスピエールは王の不法を鳴らし、その廃位を、職権停止を、少なくとも裁判をと訴えてきた。かかる発言が世論を地均《じなら》しする格好になっていたからこそ、博打《ばくち》のようなヴェルニョーの反王演説も喝采《かっさい》をもって受け止められたのだ。

が、そのロベスピエールは常に我々と考えを同じくするわけではない。ジロンド派が綱渡りの具としている「祖国は危機にあり」の宣言にせよ、いつロベスピエールに断ち切られるか定かでない情勢である。

「祖国は危機にあり。なるほど、事実だ。しかし、その祖国の危機とは全体どこから来たものなのか。宮廷からか。いや、違う。宮廷は憲法を欲し、かつまた法に服している。内乱の火種をなしている僧侶《そうりよ》たちのほうからか。いや、違う。孤立できる者というのは、あらゆる誘惑の術《すべ》から逃れているものなのだ。では、特権を取り戻そうとしている貴族からか。いや、違う。それら貴族たちは平等の原理を支えるために、諸君らの軍隊の先頭に立っている。祖国が危機にあるとするならば、その理由は自らが選んだ官吏の振る舞いを皆で監視しているべき、我ら市民の側に求められなければならない。全ては人民にかかっている。なにもみえないように隠蔽《いんぺい》されたなら、それを嫌うべきなのだ。全ては人民の指導者たちにかかっている。陰謀に協力することは無論のこと、それを黙認することさえ、自らに許してはならないのだ」

ロベスピエールは目先の責任転嫁を告発し、人々に自覚的な行動を促す。執政の責任をこそ追及するべしと呼びかける。ひとつ間違えば、それはフイヤン派のみならず、ジロンド派まで滅ぼしかねない主張なのである。

――最大の脅威はロベスピエール。

いよいよもって、ロベスピエール。ロラン夫人は、そう読まざるをえなかった。かかる現状において蜂起など煽動《せんどう》したら、一体どうなってしまうのか。凶暴な群集の刃《やいば》にかけられるのは、全体誰になってしまうのか。

「それで、おまえ、なにか考えがあるのかい」

沈黙を破ったのは、ロランだった。場を凍りつかせたのは自分の妻だからと、それくらいの責任に駆られながら、とにもかくにも恐ろしい静けさから抜け出そうとしたのだろう。

「昨夜あなたが話してくださった考え、あれこそ妙案といえるように思いますわ」

とっさに夫の手柄にして、というより、自分の責任を回避してから、ロラン夫人は続けた。ええ、今はルイ十六世陛下とて、大変に困っておられるはずなのです。

「繰り返しになりますけれど、内閣に総辞職されてしまったわけですからね」

まだ新しい内閣は立ち上がっていなかった。なるほど、こうもたびたび改造を繰り返していては、ポストの引き受け手をみつけるだけで困難だろう。ましてや政治的に有利な組閣を行おうと思うなら、一朝一夕に行くはずがない。

「今ならジロンド派三閣僚の復職を働きかけられるということですか」

ガデが確かめてきた。ロランは決まり悪そうな笑みだったが、だからこそロラン夫人は自分が前に出ることができた。いいえ、なにも夫は自分の話をしているのじゃありませんのよ。ただジロンド派の復権を考えたとき、今こそ好機じゃないかと。今なら陛下も聞く耳をもたれるのじゃないかと。

「ええ、私も卓見と思いましたわ。だって、いったん振り出しに戻すということですもの。なお不安定な状態が続きそうだというならば、その前の安定していた状態まで立ち返るべきなのです。そのうえで今度こそ間違えないよう、それぞれの立場で選択を吟味すればよいのです。これなら我々ジロンド派のみならず、ルイ十六世陛下にとっても悪い話ではないはずでしょう」

ざわめきが起きた。が、柔らかな空気に乗って立ち上るのは、好意的な囁《ささや》きだった。ああ、そうだな、元々は互いに協調していたんだ。ラ・ファイエットはじめ、前線の将軍が不甲斐《ふがい》ないから、ぎくしゃくしただけなんだ。

「デュムーリエ将軍が戦場に出たからには、フランス軍の勝利は目前という評もあるぞ。とすれば、やりなおせないことはないのじゃないか」

「ああ、だから、ルイ十六世はわからず屋じゃない。民衆は蜂起寸前だといえばいいんだ。パリの怒りを鎮めるには、ジロンド派の大臣を復職させるしかないと説くんだ」

「今なら間に合う、拒否権はそのままで構わないから、とにかく三閣僚の復職をと畳みかければ、意外にあっさり容《い》れてくれるんじゃないか」

歓談のような議論を聞き流しながら、ロラン夫人は心に呟《つぶや》いていた。それは違う。少なくとも、あっさりじゃない。

――王は意外なほど、しぶとい。

六月二十日の敗北には、そのことも痛感させられていた。ルイ十六世の性格としても、粘り強い。フランス王家の威光というのも、なお根強い。

雄弁家ヴェルニョーを擁して、反王の旗幟《きし》を鮮明にすれば、一時の熱狂くらいは起こる。が、それも今の議会では決定的な議決につながるわけではない。廃位を可決できなければ、権能の停止も決められず、その弱さと相対させるほど、やはりフランス王ルイ十六世は強いといわなければならない。

フランス軍の勝利は覚束《おぼつか》ない。「オーストリア委員会」も容易に責められない。民衆も今やロベスピエールの手中にある。となれば、ジロンド派を支えていくに、使えそうなものはかぎられていた。そのうち最も手に入りそうなのが、王のしぶとさなのだ。フイヤン派が強いというのも、それを巧みに取りこんでいるからなのだ。

――だったら、躊躇《ちゅうちょ》するべきではないわ。

それは自分を曲げることではない。虚しい叫びで終わるなら、持《も》て囃《はや》されるロベスピエールの愚直とて、自分を貫く壮挙ではありえない。それくらいに心をまとめて、ロランン夫人は厨房《ちゅうぼう》に下りていった。ええ、酒と料理の追加を頼んでこなくては。

ブリタニク館の歓談は、まだまだ終わりそうになかった。明日七月十四日には、なにも事件は起こらない。だからこそ、夜更かししてまで続ける尽きない話がある。それが実りを結んだ暁《あかつき》に、内務大臣官邸に戻れるなら、それこそ最後の大盤ぶるまいとして酒と料理の追加くらい、ゆめゆめ躊躇するべきではなかった。

4――子供

燭台《しよくだい》ひとつ翳《かざ》したくらいでは、まだ白い塊《かたまり》でしかない。よくよく顔を近づけて、なんとか確かめられるのは、ほんの僅《わず》かな吐息にもおののいて、ふわふわ靡《なび》いてしまうくらいの産毛《うぶげ》だった。

まんまるの白い塊、これが手をふれると温かい。夏の夜の暑気に薄《うつす》ら汗をかきながら、なお温かすぎるくらいに温かい。

――きちんと生きているからだ。

この小さなものが人間の頭だなどと、なお信じられない思いに襲われることはある。それでも赤子は掛け布を小さく上下させながら、きちんと息をしているのだ。

――にしても、本当なのか。

その夜もデムーランは自問していた。かりかりペン先を軋《きし》ませながら、書き物をしている最中にも、その自問は不意の瞬間に訪れる。本当なのか。本当に、本当なのか。恐ろしいばかりの不安に駆られながら、寝間に歩を進めるときには慎重な忍び足で、それでも急いで確かめないではいられない。

——本当なのか、僕に子供が生まれたなんて……。

もちろん問いは声にしない。もしや起こしてしまうかと案じるからだが、しても言葉は通じない。

答えるかわりに、赤子はいつも指を握る。その小さな掌《てのひら》にそっと人差し指を預けると、精巧な作り物とも思《おぼ》しき小さな五本の指で、ギュッと握りしめてくれる。

赤子に添い寝しながら、また妻も寝息を立てていた。長い睫毛が白薔薇色の頰《ほお》に寝そべる。母親になっても、まだお嬢さんの風が抜けない、その女も確かにリュシルで間違いなかった。

やはり本当なのだと、ようやく信じる気になれて、デムーランは燭台片手の忍び足で、また仕事場に戻る。が、その道程《みちのり》が大変なのだ。全身が震えて震えて、仕方なくなってしまうからだ。

——嬉《うれ》しい。

感情が暴れて暴れて、身の内に収まらないくらいに嬉しい。本当にどうにかなってしまうのではないかと、本気で自分を心配してしまうくらいに嬉しい。

子供は男の子で、生まれたのは七月六日だった。

一七九二年七月六日、あるいは少し前ならば教会の祭壇に進んだ日付をこそ記憶に留《とど》めたのかもしれないが、デムーランは洗礼を受けさせるということをしなかった。信仰の価値が揺れる革命の時代であるからには、ただ役所に届けただけだった。

とはいえ、なお名付け親だけは欠かせないように思われた。それはロベスピエールに頼んだ。学生時代からの旧友は、「オラース」という名前を考えてくれた。文筆をもってなる君の子供であるからと、古代ローマの大詩人ホラチウスに因《ちな》んだ命名だった。

オラース・デムーラン、それが息子の名前である。

――幸せだ。

嚙《か》みしめるほどに、デムーランは思う。思うほどに感情が迸《ほとばし》り、まさに際限がない。だから、幸せだ。愛する女を正式な妻にできて、その妻が正しく息子を産んでくれた。この幸せに欠けるものなど、ひとつもない。なにを、どう考えなおしても、その価値を疑うことなどできない。

手が震え、足が震え、どうしようもなくなるほどに、ほんの片時も手放せない気分になるのだが、いや、待てよと、そこで冷静になろうと努めるのが夫であり、父親であり、つまりは男というものだろうなとも思う。

――そろそろ田舎《いなか》にやらなければ……。

今日七月十三日で、息子が生まれて、ちょうど一週間だった。赤子を乳母に預けなければ。産後のリュシルを休ませてあげなければ。そう考えて、デムーランは妻の実家のデュプレシ家にも話を通していた。田舎の別荘ですごす手筈《てはず》も整えてもらっていたが、それが今日までパリから送り出すことができずにいたのだ。

——だから、明日は七月十四日だ。

なにが起こるかわからないと、それがデムーランの心配だった。

なにか起こるとすれば、六月二十日か七月十四日だと、それは蜂起《ほうき》が企てられたが、やはり壊した時点で専《もっぱ》らの下馬評だった。実際、六月二十日には蜂起が企てられたが、やはりといおうか、あえなく失敗してしまった。が、まだ七月十四日がある。

バスティーユ陥落の記念日であり、全国連盟祭の日付でもあるからには、連盟兵も多くパリに集まる。なにも起きないはずがないと、そうまで囁《ささや》かれ始めれば、デムーランとしても容易に身動きがとれなかったのだ。

六月二十日の時点で、もうリュシルは臨月だった。いつ生まれても、おかしくない。それだけお腹《なか》が大きくなっている状態で、がたがた揺れる田舎道を下るわけにもいかなかった。

それならば一日も早く生まれてほしいと、祈るような気持ちでいても、初産ということもあって、あらかじめの予定からは大きく遅れた。ようやく七月六日に生まれて、とりあえず安静にさせる一週間を置いてみると、もう明日が問題の七月十四日なのだ。

——様子を見守るしかない。

無理に田舎に出発して、混乱に巻きこまれるのでは合わない。たとえ何も起きなくても、今のパリには全国津々浦々から、各地の連盟兵が上ってきている。普段からの渋滞が輪をかけてひどくなり、馬車が立ち往生する光景も珍しくなくなっている。すでに日常茶飯事だというが、今は夏も盛りなのだ。

車室に閉じこめられてはパリの市門を出る前に、妻も子供も蒸し焼きにされてしまう。

——だから、このまま何も起きるな。

デムーランとしては、そう願うしかなかった。明日さえ何も起きずにすぎれば、あと数日から一週間でパリは再び静かになるだろう。往来の混雑も減る。馬車の通行も楽になる。夏の暑さも凌《しの》ぎようがある。妻子を田舎に下がらせるに、なんの障害もなくなる。大都会の喧騒《けんそう》を離れて、しばらくのんびりさせることができる。

「…………」

玄関の戸を叩《たた》く音が聞こえた。さらに何度か連続されて、空耳ではないと確信できるほど、どきどき、どきどき、胸の鼓動が大きくなるのがわかった。

——いや、待て、カミーユ。

デムーランは不意の興奮を鎮めようとした。なにも特別な話ではない。こんな夜更けだからと、土台が音ひとつない界隈《かいわい》ではない。それどころか、いくらか常識を欠いた連中まで少なくないのであり、訪問客は他にも考えられないわけではない。

それでもデムーランの頭のなかには、ひとつの名前があるのみだった。再び炎が揺れる燭台を手に玄関の内側まで進み、どちらさまですかと他人行儀に誰何《すいか》するほど、我ながら違和感を覚えてしまうほどだった。

「俺だ」

外の返事はそれだけだった。が、もうデムーランは閂《かんぬき》を外しにかかった。いったん燭台を置くだけの手間にも苛立《いらだ》つような急ぎ方で、いきなり扉を開けてしまった。

「ダントンだな」

名前を呼んだ先には、やはり巨漢の姿があった。ダントンだな。やっぱり、君なんだな。何度も確かめながら、デムーランは親友に両手を伸ばし、がっちり抱擁を交わした。

なんなんだよ。どうしたんだよ。

「ダントン、今まで、どこいってたんだよ」

デムーランとしては一番に確かめないではおけなかった。

妻の出産、息子の誕生で頭が一杯なようでいて、こちらの名前も片隅から決して離れることがなかった。六月二十日の蜂起が失敗して、その翌朝にはダントンの姿がパリから消えていれば、なおのことだ。

当局に追われていたわけではない。パリ市そのものが黒幕のような事件であれば、もとより追われるわけがない。パリ県のほうからは処分の意向が示されたが、市長と第一助役までの話で、それも停職という、ごくごく軽いものだった。

第二助役のダントンは、全くの御咎《おとが》めなしだ。騒擾《そうじょう》鎮圧の責務を怠る不祥事でなく、自ら蜂起を画策した犯罪と目されて、第三者に告発されたわけでもない。

ダントンの失踪《しっそう》は不可解きわまりない事態だった。またぞろイギリスに亡命したのだとか、やはり蜂起の実質的な首謀者であるとして、巨漢の首に王家が賞金をかけたからだとか、あるいはその証言から自らに累が及ぶことを恐れて、ジロンド派のほうが逐電《ちくでん》を促したのだとか、様々な憶測を呼んでもいた。

「だから、みんな心配してたんだぞ。本当に、どこいってたんだ」

「どこって、シャンパーニュさ」

ニッと歯をみせる破顔ながら、それが当のダントンの答えだった。こともなげな風が、なんだか癪《しゃく》に感じられた。嚙みつくような勢いで、デムーランはすぐさま確かめにかかった。

「シャンパーニュというと」

「オーブ県アルシ、俺の郷里だ。向こうには、七十になるお袋がいてな」

「お母さんに自分の無事を知らせてきたというわけかい」

「はん、俺はそんなに可愛《かわい》らしい息子じゃねえよ。だいいち、パリの出来事なんか数日遅れさ。向こうに到着したときには、まだ六月二十日になにが起きたか、誰も知りもしなかったぜ」

「じゃあ、なんのための帰郷だったのさ」

「金を預けるためのさ」

「金だって」

「ああ、そうだ、金だ。お袋に預けとくのが一番だと思ってな」

どういう金だ。どうして田舎に隠さなければならない。大事に保管して、全体なんのために使う気だ。問いかけは次から次へと湧《わ》いて出たが、その全てをデムーランは呑《の》みこんだ。

ダントンの金回りのよさは、かって知ったる話だった。察するところ、汚い金もあるのだろう。貴族がばらまいた金貨の袋があれば、ブルジョワに差し出させたアッシニャ紙幣の束もあり、はたまた庶民が届けた少額ずつの献金も銀行の証券にまとめられていたりして、本人からして出処《でどころ》などわからなくなっているのかもしれなかった。

いずれにせよ、それは告発を恐れなければならない金だった。誰かダントンを失脚させたい人間がいれば、その輩《やから》に格好の口実を提供してしまう金だともいえる。

「と、とにかく、おかえりだ」

デムーランは強引にまとめた。同時に手ぶりで部屋奥に進むよう促した。ああ、ダントン、パリに帰ってきてくれて、とりあえずは、それだけで嬉しいよ。

　のっそりという感じの歩き方でついてきながら、ダントンのほうは気まずいような顰《しか》め面《つら》で、ガリガリと後ろ頭を掻《か》いていた。いや、俺なんか帰ってきて、カミーユ、それほど嬉しい話じゃないかもしれないぜ、おまえにとっちゃあ。

「どうしてさ」

　燭台を机に戻すと、デムーランは相手にも椅子《いす》を勧めながら問うた。正面の安楽椅子を取りながら、ダントンは答えた。

「またやろうかと考えているからな」

「…………」

「ああ、蜂起だよ。もう一度、もう一度だけ、俺は挑戦するつもりだ」

　はっきりと言葉にされて、デムーランは息が詰まる思いだった。それでも、今度ばかりは確かめないわけにはいかなかった。

「それは明日かい。やはり、七月十四日を狙《ねら》うのかい」

「いや、いくらなんでも、帰ってきたばかりだ」

　ダントンは口角だけを歪《ゆが》めた笑みで肩を竦《すく》めた。なるほど、道理だ。デムーランはホッと息を吐《つ》くことができた。囁かれ続けた七月十四日ではない。夜が明けると、もう明日には始まるというような、恐ろしく急な話ではない。

5――復活の日

考える時間くらいは与えられるようだった。

六月二十日以後の政局は、それ以前にも増して混沌《こんとん》たる様相である。新聞屋稼業の目からしても、複雑怪奇だ。よくよく考え、状況を丁寧に咀嚼《そしゃく》しておかなければ、なにが、どう動くのか、これから先の展開を予想することなどできない。

「ラ・ファイエットの件は落着したんだ」

デムーランはまずは報告の口調だった。六月二十八日の話なんだが、ああ、それもダントン、君はパリを留守にしていたから……。

「六月二十日の断罪を議会に求めたって話だろ。クー・デタまで考えたが、人望がなさすぎて失敗したって顚末《てんまつ》だろ。ああ、それなら五日遅れで、向こうで聞いた。シャンパーニュは街道筋だからな。戦場に逃げ戻るラ・ファイエットを目撃したなんて奴《やつ》もいたよ」

互いに苦笑を交わすことができて、デムーランはなんだか一安心という気分になれた。ダントンのほうが続けて確かめてきた。

「これはパリに戻ってから、つまりは、さっき聞いたばっかりなんだが、フイヤン派の内閣も総辞職になったんだってな」

デムーランは頷《うなず》いた。ああ、そうなんだ。ラ・ファイエットが勘違いで先走れば、デュポールやラメットにも独断専行の嫌いがあって、フイヤン派ときたら、なんだかゴタゴタ続きでね。

「かわりというか、ジロンド派が少し勢いを取り戻している。一昨日《おととい》には議会に『祖国《ラ・パトリ》は危機にあり《・アン・ダンジェ》』なんて宣言を出させたし、ペティオン市長の復職も今日の昼に本決まりになった。ああ、市長と第一助役は停職処分になっていたんだよ」

「そいつもシャンパーニュで聞いた」

「そうか。で、ジロンド派なんだけど、なにかやるつもりなんじゃないかと、またぞろ注目されている。ちょうど七月十四日を迎えるだろう。連盟兵がパリに集まる折りも折りじゃないか。この武器を担いだ連中が新たな火種になるんじゃないかなんて、そういう観測もないじゃない」

「連盟兵の存在は確かに見逃せねえな。やはり声をかけるしかねえだろうって、今さっきロベスピエールの旦那《だんな》とも話してきたところさ」

「寄ったのかい、マクシムのところに」

デムーランは少し驚いた。自分より先に会いにいったのだと思えば、いくらか面白くない思いもないではない。

いや、ダントンの態度は当然というべきだった。この半月強というもの、ロベスピエールの活躍は凄《すさ》まじいの一語に尽きた。今のパリで、その言動が最も注目される男だともいえる。たとえ数日遅れようと、その噂《うわさ》はシャンパーニュにも届いていたはずなのだ。パリに戻るや一番に面会しようと、向こうで心を決めたとしても道理である。しかし、ダントン、僕らは無二の親友ではなかったのか。

――いや、いくら親友でも、なにもしていない男なんか……。

面白くないというデムーランの感情は、あるいは焦りの裏返しだったかもしれない。ああ、もう過去の人とも一時は揶揄《やゆ》されながら、ロベスピエールは再び世の脚光を浴びようとしている。引き比べて自分はといえば、古い友情を伝《つて》に赤子の名前をつけてもらいにいくだけだ。つまりは、なにもやっていない。革命家の名に値するような活動は、なにも……。

「ああ、大急ぎで訪ねたさ」

と、ダントンは続けた。デムーランは聞き返してしまった。えっ、なに、なんだい。

「だから、ロベスピエール大先生のとこの下宿は夜が早いんだよ」

今度もダントンは、こともなげだった。なるほど、そう答えられれば、それとして納得の事情ではあった。不動産の賃貸も手広く営み、今や実質的にはブルジョワの身上《しんしょう》でありながら、元が指物師《さしものし》であるだけに職人気質というか、デュプレイ家は確かに早寝早起きなのだ。

これがロベスピエールの性格にも合うとなれば、グズグズしているわけにはいかなかった。是非にも会って話がしたいと思いついても、夜の帳《とばり》が下りてからでは気軽に訪ねることができない。大方が次の朝まで待たなければならない。

「なるほど、なるほど。いや、しかし……」

親友の理屈を認めて、なおデムーランはひっかからないではなかった。急に難しくなった表情を、逃さず捕えたということだろう。確かめるダントンは、自信なさげな風だった。なんだよ、なんなんだよ、カミーユ。

「いや、マクシムが、よく君の話を聞いたものだなあと思って」

「聞いてくれたぜ。協力すると約束もしてくれたぜ。明日は辻立《つじだ》ちで連盟兵を捕まえて、ひとつ演説でも打《ぶ》とうかなんていってたぜ」

「本当かい。へええ、マクシムが……。へええ、そうか……」

「なんだよ、なんだよ、カミーユ、さっきから、なにがいいたいんだよ」

「なにって、いくらか驚きを禁じえないのは当たり前だろう。だって、マクシムがジロンド派の思惑に乗るなんて、まず考えられない話だからね。もちろん、ダントン、君にすればフイヤン派の打倒のためだとなるんだろうが、そういう理屈がマクシムに通用するなんて……」

「通用しねえよ、あの頑固先生には」

「えっ、でも……」

「ジロンド派は関係ねえ」

「………」

「だから、あの連中は関係ねえ。それでロベスピエールの旦那も納得してくれたんだ。今回はジロンド派なんか関係ねえって前置きしたから、協力的になってくれたんだ」

話を咀嚼して、頭を整理するのに、やや時間が必要だった。デムーランが言葉を継げないでいる間にも、ダントンは先を続けた。実際、パリに帰ってきたばかりだぜ。一番にロベスピエールを訪ねて、それからマラ先生のところに寄って、んでもって、カミーユ、おまえのところに来たんだ。ジロンド派の連中になんか、まだこんばんは《ボンソワール》ともいってねえ。当然ながら、なんの話もしていねえ。

「まあ、仮に話を持ちかけてもな、はん、蜂起《ほうき》だなんて下品な真似《まね》は、もう懲《こ》り懲《ご》りだなんて、断られるばかりじゃねえかな」

「しかし、それじゃあ、ジロンド派のなかで占めてきた君の立場は……」

「俺の立場だって。こんだけ虚仮《こけ》にされて、そんなの、どこにあるんだよ。ジロンド派も、ジャコバン派もなくて、俺の政治生命なんか、はん、もうほとんど終わりじゃねえか」

「そんなことは……。まだパリ市の第二助役ではあるんだろう。ダントン、君はペティオンの部下ではあり続けているわけだろう」

ダントンは頷いた。ああ、まだクビを言い渡されたわけじゃねえ。

「誰がなんといおうと、この俺さま自身には、このまま終わってやるつもりはねえ。だから、第二助役のポストは最大限に利用させてもらう。それでも、ジロンド派は関係ねえんだ。今回は俺たち独自の活動として進めるんだ」

追い詰められた表情で一気に捲《まく》し立て、そこでダントンは言葉を切った。顔つきといい、声といい、続けて確かめたときには、あからさまな弱気に一変していた。

「なあ、カミーユ、それじゃあ、無理か」

「無理だとは思わない。パリの蜂起は可能だろう。成功する確率だって低いわけじゃない」

「というか、やるからには成功させるぜ。なんとしても、成功させる」

ダントンは今度は強気だった。ああ、今回はロベスピエール、マラと二大論客が味方してくれる。サンテール、ルジャンドル、アレクシス・アレクサンドル、クロード・フルニエと、あいつらにも声をかけなおしてな。できれば連盟兵なんかも巻きこんでな。

「ああ、ちっくしょう。はじめから、そうすりゃよかった。ああ、カミーユ、おまえのいう通りだった。ジロンド派と一緒に戦えるだなんて考えたのが、そもそもの大間違いだった」

「うん、それは僕も変わらず、そう思うな。あいつら、なんだか上から見下す態度だからね。うん、うん、思うに上からの革命なんて、結局ありえない話なんだよ。下からの動きじゃないと、革命と呼べるほどの動天は起こらないものなんだよ」

「そこだ、カミーユ、その下からってところだ。俺もパリの街区《セクシオン》と連携することを考えてた。今回の蜂起は底辺からの運動として始めるわけだ」

興奮気味の言葉を続けたあげくに、ダントンは大きな掌《てのひら》を伸ばしてきた。なにをするのかとみていると、こちらの両肩を握りながら、ぐらぐら前後に揺すり始めた。やっぱりだ、カミーユ。やっぱり、おまえは大した奴だ。

「ああ、俺はおまえを誇りに思うぜ」

「いや、そんな、誇りだなんて……」

打ち消しで受けながら、そろそろ来るかなとは、デムーランも考えていた。案の定でダントンは切り出してきた。

「だから、カミーユ、おまえも参加してほしい」

まさに縋《すが》るような口ぶりだった。強気と弱気が激しく入れ替わり、やはりダントンの心は平静を取り戻してはいないのだろう。今度こそと自分を燃え立たせながらも、ふてぶてしいまでの自信となると、容易に回復できないでいるのだろう。

なるほど、六月二十日は失敗した。思えばパリ筆頭格の活動家として、ほとんど初めての敗北だった。それだけに相当応《こた》えているのだろう。簡単に立ち直れる痛手ではないのだろう。本当なら再起も考えられないくらいだろう。

――こんなとき力になれなくて、なにが親友だというんだ。

自問が湧《わ》けば、直後に心が熱くなる。六月二十日の顚末は、誘いを退けたデムーランにも、一種の負い目になっていた。なんとなれば、あのときすでにダントンは不安を覚えていたのだ。成功の危うさを感じて、そのうえで友と見込んで頼んできたのだ。それを僕は断った。あげくに蜂起は失敗した。

――僕のせいだ。

でないとしても、友達甲斐《がい》のない真似《まね》をした。それは弁解の余地がない。だからこそ、容易に取り返せない後悔になってもいる。そこまでの自覚があるなら、ともデムーランは思うのだ。

今回は即答してやるべきではないか。ダントンが露《あらわ》にみせる不安が、今度も断られるのじゃないかという予感に根ざしているものだとすれば、それを大急ぎで除いて、一刻も早く励ましてやるべきではないか。

——ジロンド派が関係ないなら、もとより躊躇《ちゅうちょ》する理由はない。

すでに心は決まっていながら、デムーランはあえて少しだけ黙った。まだ言葉を控えながら、ただ目の動きだけでダントンに奥の寝室を示した。

「おっと、すまねえ。声が大きすぎたか。リュシルが寝てるんだったな」

「赤ん坊も一緒だ」

「えっ、ああ、そうか。そうだったな。おお、とうとう生まれたか」

ダントンの顔に本来の豪放磊落《ごうほうらいらく》な風が戻った。おお、こいつは祝いを包まなきゃな。なんだよ、カミーユ、皆に声をかけるから、俺の奢《おご》りで一席設けさせてくれよ。ばんばん肩を叩《たた》かれながら、いかにも顔役というような呼吸は、こちらのデムーランにも喜ばしいものだった。

「いや、いつだ。男の子か、女の子か。いや、まて、カミーユ、とにかく、おめでとうといわせてくれ」

「七月六日さ」

とりあえず、デムーランは答えた。生まれたのは七月六日で、男の子だった。名前はオラース、オラース・デムーラン。

「名付け親はマクシムに引き受けてもらった。ダントン、君がパリにいてくれたら、君にも名付け親になってほしかったよ」

「ロベスピエール先生なら、なんの文句もねえじゃねえか。俺なんかに名付けられて、俺なんかに似ちまったら、それこそ一大事だぜ。いや、マクシムの奴に似られても、それはそれで気難しくなっちまうのかもしれないが……」

そうまで続けて、ダントンはハッとした顔になった。ああ、カミーユ、そうだったんだな。おまえは、そうだったんだな。

「乳呑み児がいるんじゃ、蜂起に参加するなんて、やっぱり無理に決まってるな」

「いや、無理じゃない」

デムーランは今度こそ、きっぱりした声で答えた。リュシルとオラースは田舎にやろうと考えていたんだ。明日七月十四日の様子窺《うかが》いで、なにも起こらないようなら、ああ、数日のうちにはデュプレシ家の別荘にやろうと思う。

「だから、無理じゃない」

ああ、今回は僕も参加する。先頭に立たせてもらう。デムーランは言葉を重ねたが、今度はダントンのほうが失速だった。しかし、カミーユ、安全だなんていえねえぞ。ペティオン市長だって、今度は取り締まりにかかるかもしれねえ。六月二十日のことがあったもんで、テュイルリ宮の警備増員も認められそうだって話だ。それも国民衛兵なんかじゃなくて、前線の正規兵を呼びよせるって話だ。

「はっきりいって、危険だ。カミーユ、おまえ、父親になったばっかり……」

「だから、もう怖いものがないのさ」

「…………」

「もう父親なんだよ。怖いものなんかないだろう、ダントン、君にだって」

さあ、忙しくなるぞ。明日七月十四日は見送らざるをえないとして、なあ、ダントン、まさか冬まで機会を待つなんて話じゃないんだろう。溌剌《はつらつ》として動き始めた、それが七月のデムーランだった。

6――頼み

ジェローム・ペティオンが訪ねてきたのは、八月七日の夕刻だった。

「珍しいこともあるものだ」

それくらいに呟《つぶや》いただけで、ロベスピエールは玄関に向かった。

すでに夕食は済ませていたし、ジャコバン・クラブに行くにはまだ少し早かった。夏季であれば夕闇《ゆうやみ》という程度にも暗くなく、不意に下宿に訪ねられたからと、とりたてて閉口するではなかった。

――にしても、無頓着《むとんちゃく》にすぎたろうか。

後悔というより、一種の自責の念まで覚えたのは、デュプレイ家の人々のほうは玄関先を注視しながら、残らず顔を硬くしていたからだった。

死神にでも訪ねられたようだと、ロベスピエールは大袈裟《おおげさ》でなく思った。護衛を兼ねるということか、屈強な体軀《たいく》の数人が御付《おつ》きで同道していたとはいえ、そこに立つのは結局ペティオンひとりのはずなのだ。

それがペティオンでなくて、死神とか、怪物とか、あるいは幽霊でもないならば、面々の張り詰めた様子は説明がつかない。そうまで考えてから、不意に記憶が取り戻された。

――バルナーヴが訪ねてきたときと同じだ。

かのフイヤン派の領袖《りょうしゅう》が訪ねてきた、あの真冬の夕刻にも、デュプレイ家の皆は同じように凍りついた。ジロンド派こそ政敵なのじゃないかと、バルナーヴが問いかけたのもあのときの話だった。

あれからの運びを振り返れば、その予言が見事に的中した格好である。かつてフイヤン派に感じた以上の義憤も禁じえなくなっている。

――しかし、ペティオンだけは少し別だ。

ロベスピエールには今もって友を任じる気分があった。ああ、この男は確かに私の盟友だった。ほんの一年も前であれば、それこそ顔を合わせない日もないほどだった。ともに左派の議席を占め、革新の理想を実現しよう、フイヤン派を打倒しようと、熱く語り合う日々だった。

憲法制定国民議会が解散され、パリ市長選があり、こちらがピカルディに帰郷している間に、それに見事な当選を果たした。ようよう戻れば、ペティオンはブリソやヴェルニョーといった立法議会の新人議員たちばかりと集うようになっていた。ロラン夫人のサロンに入り浸りになり、ジャコバン・クラブに姿を現す回数も減った。

そうするうちに政見が別になり、あちらがブリソ派だとかジロンド派だとか呼ばれるようになるにつれ、どんどん疎遠になっていった。そうした最近の経緯は経緯として、互いに友と呼んだ記憶まで薄れてしまったわけではないのだ。

――喧嘩別《けんかわか》れしたわけでもない。

それまた喧嘩ではないながら、ブリソやジロンド県の連中となら、激しくやりあったことがある。ジャコバン・クラブの集会場や、あるいは紙面の上での話で、あくまでフランスの未来のための議論であり、国民のための無私の営為なのだといいながら、やはりというか、ときに感情的になり、ときに遺恨を残す場合もないではなかった。

ところが、ペティオンに関していえば、そうした論争の場面ですら、ほとんど衝突した覚えがないのだ。

「庭のほうに回ろう」

握手の手を差し出しながら、ロベスピエールは促した。デュプレイ家の重苦しい直視にあてられ、ペティオンはいたたまれない様子だった。ふてぶてしいバルナーヴ、あの己の才気に溺《おぼ》れるような不動の自信で、誰の視線も全て撥《は》ね返してやろうという輩《やから》に訪ねられたときも、まずは外に連れ出したのだ。

あのときは近くのパレ・ロワイヤルだったが、デュプレイ家の面々、わけても主人のモーリス・デュプレイなどには、あとからしつこいくらいに窘《たしな》められた。政敵と面会なさるなら、外は危険だ。いくらでも場所は貸すから、次からは家のなかで話すようにと。

――といって、他に人がいるような場所では……。

庭木が枝を伸ばしているので、裏庭は日陰が多かった。いよいよ夏本番を迎える季節であれば、日中は涼を求めて家人が集まり、かえって熱が籠《こも》るような憾《うら》みもある。が、夕《ゆうべ》の風が心地よく流れるような時刻になれば、いるのは愛犬のブラウンだけだ。

昨夏に飼い始めた子犬も、すっかり大きくなっていた。さすがに動物は成長が早いと思いきや、まだ成犬ではない、まだ大きくなると見立てる犬好きもいた。純血種ではないながら、なんでもブラウンには低地地方の大型犬の血が濃いのだとか。

すでに腰の高さに届く愛犬の頭を撫《な》でながら、ロベスピエールは始めた。ああ、ペティオン、元気そうで、なによりだよ。

「今さらになるが、パリ市長に復職おめでとう。改めて、君の人気と人望が証明された格好だね」

「ありがとう。けれど、あの処分は土台がフイヤン派がおかしかったのさ」

「パリ県の執政部だな。ああ、あの連中は確《すた》かに厄介だね」

互いに苦笑を交わすことができた。未《いま》だ廃れない友人同士の呼吸ともいえた。それを確かめられたことで、ロベスピエールは話を先に進める気になれた。

「それで今日の用向きというのは」

「パリを鎮めてほしい」

ペティオンは、いきなりだった。相手の近況を問うでも、なにか前置きを工面するでもなく、パリを鎮めてくれと、ほとんど藪《やぶ》から棒の勢いだった。

こんな風に話す男ではなかったと、裏切られた気分さえ禁じえない。ロベスピエールは心ならずも、いくらか悪意に駆られてしまった。

「いやあ、ペティオン、それはパリ市長たる君の仕事じゃないのかい」

「頼むから、ロベスピエール、どうか意地の悪いことをいわないでくれ」

ペティオンは、すでに涙声だった。続けられれば、懇願の体《てい》すら思わせる。

「ああ、後生《ごしょう》だから、こんなときに惚《とぼ》けないでくれ」

そういう理由は無論わからないではなかった。

パリは再び騒然たる空気をまとうようになっていた。いつ蜂起《ほうき》が起きても、おかしくない。もう明日にもバスティーユの一日が再現されるかもしれない。無理に抑えようとするなら、パリ市だって、パリ県だって、無事で済むわけがない。

そうまで叫ばれる渦中にあって、自分こそ鍵《かぎ》を握る人物のひとりなのだと、ロベスピエールには自負もあった。

始まりは七月十四日の演説だった。

「北の同胞たち、南の同胞たち、西の同胞たち、東の同胞たち、まずは接吻《せっぷん》を贈りたい。そのうえで、どうか耳を傾けられたい。ああ、パリはひどい。昨年七月十七日に流された愛国者たちの血糊《ちのり》で、シャン・ドゥ・マルスは今なお汚れたままだ。なぜか。祖国は今日まで諸君らの手に、報復の一撃を留保してきたからではないか。ああ、罰せられるべき輩の血においてしか、自由に加えられた侮辱を濯《すす》ぐことはできないのだ。その偉業を遂げうるのは、ひとり諸君らだけではないのか」

全国から上京してきた連盟兵に、ロベスピエールはそう訴えかけていた。ああ、連盟兵諸君、ただ単に七月十四日の繰り返しという無益な儀式を繰り返すため、わざわざパリにやってきたのではないだろう。

そう焚《た》きつけられると、連盟兵の多くが帰らず、パリ残留を決めた。すぐさまロベスピエールは、全国連盟兵の「中央委員会」を設置した。ジャコバン・クラブのなかに事務所を置く、いうなれば形ばかりの組織だったが、これで各地各隊の代表者が連帯する名分ができた。

デュプレイ家に場所を移しては、夜ごと「秘密指導部」の会合も繰り返した。七月十七日にはロベスピエールが起草した請願書を、連盟兵の名前で議会に提出することもした。

「『祖国は危機にあり《ラ・パトリ・アン・ダンジェ》』と、単に叫んでいるだけでは駄目だ。裏切り者の処断が不可欠であるがゆえは、ラ・ファイエットの告発を求める。また無能な行政権も即時停止が妥当であり、併せてルイ十六世の権限剝奪《はくだつ》を要求する」

七月二十三日には再び連盟兵の名前で、いよいよルイ十六世の廃位も求めた。

すぐさま審議にかけて、可決するのでないながら、少なくとも議会は請願を受けつけた、いや、受けつけざるをえなかった。

素人の民兵にすぎないといいながら、連盟兵は各自が武装している集団である。ブルジョワを母体としているだけに、自弁で調達している銃器など見事の一語で、かえって前線の正規軍のほうが、安物の粗悪品を配られているくらいだ。

高級品といえば、軽くて操作性に優《すぐ》れ、つまりは素人でも容易《たやす》く扱える。そういう銃を担いだ輩が狭いパリにひしめきながら、不断の興奮状態にあるというのだ。

今日に続く展開において、連盟兵こそ焦点のひとつだった。

——私が指いっぽん動かせば……。

そんな鼻持ちならない台詞《せりふ》を吐くつもりはない。仮に吐いても虚勢にしかならないと、そうした自覚もロベスピエールは持っている。といって、連盟兵を相手に最も大きな影響力を振るえる人間は誰なのかと、そう問われれば余人に譲る気分も皆無なのである。

それだけに受け答えにも、こちらは多少の余裕を持てる。ロベスピエールは確認から話を再開した。いや、ペティオン、君はパリを鎮めてくれといったね。

「それはパリ市長としての頼みなのかい。それともジロンド派の領袖としてかい」

「私の返答の次第によって、ロベスピエール、君の態度は変わるのかね」

「そりゃあ、変わるだろう」

「どうして変わらなければならない」

「それを私にいわせるのかい」

「ああ、是非聞かせてほしいね」

「だったら、あえて言葉を濁さないが、ジロンド派となると、最近なにやらフイヤン派に似てきたからな」

「…………」

「あるいは雄弁家つながりなのかもしれないが、ヴェルニョー君なんかも今や『バルナーヴ二世』の綽名《あだな》をほしいままにしているじゃないか」

7――ペティオンの奔走

右傾化の動きが顕著だと、ロベスピエールは暗に責めた。

左派の理想を唱えたことがある身には、最大の侮辱であり、屈辱であるとも理解したうえでの攻撃だった。それを躊躇《ちゅうちょ》しないとすれば、やはり私にとってペティオンは敵なのか。もう友でなく、すっかり敵になってしまったのか。ふとよぎる自問に胸を衝《つ》かれた隙《すき》に返された。

「違う、違う、王に接近しているなんて、そんなのは根も葉もない噂《うわさ》だよ」

やはりというか、ペティオンは加えられた侮辱に抗《あらが》うようだった。ああ、さもなくばパリの蜂起《ほうき》は抑えられないと脅しながら、ジロンド派はロラン、クラヴィエール、セルヴァン三氏の内閣復帰を求めたとかなんとか、まことしやかに語られていることは承知している。けれど、あまりな中傷だと、私としては抗議しないでいられないよ。

「それでも事実無根というわけじゃないんだろう」

「事実無根さ」

「だったら、七月二十四日議会のヴェルニョー演説はなんなんだい。あれは二十三日請願の否定じゃないか。思慮に欠けた一部の動きに惑わされるべきではないだなんて、それこそ私を中傷していたじゃないか」

「あれは理性的な選択を訴えたかっただけで、特定の誰かを非難する演説じゃない」

「二十六日議会のブリソ演説は、どうだい」

「…………」

「王の廃位を画策している不埒《ふらち》な徒党がいるだなんて、はっきり非難の声を上げたぞ」

刹那《せつな》ぐっと差しこまれたような表情になりながら、それをペティオンは数秒息を止めることで凌《しの》いだ。

「ジロンド派のなかにも色々な考えがあると、そのことは認めるよ」

ようやくの再開も肩を竦《すく》め、おどけ加減を装いながらだった。ああ、認める。認めるよ、ロベスピエール。君のことを敵《かたき》のように考えて、名指しで攻撃する者もいる。右傾化というならば、この政局を乗り越えるためルイ十六世と結ぶべしと、そう唱える向きも確かにないではない。しかし、この私は違う。

「ああ、私だけは違う。現に八月三日には、議会に王の廃位を要求したじゃないか」

「ブラウンシュヴァイク公の宣言が衝撃として巷《ちまた》を駆け抜けたからには、今や真性の王党派だって廃位を口にしないではいられないさ」

カール・ヴィルヘルム・ブラウンシュヴァイク公は、オーストリア・プロイセン連合軍を統括する総司令官、いわばフランスの敵の総大将である。

この要人が七月二十五日、コブレンツで、ある宣言を公《おおやけ》にしていた。自らの戦争を正当化する意図において、オーストリア・プロイセン両国に侵略の意図はなく、フランスの内政に干渉する計画すら持たず、望みはフランス王とその家族の解放のみだと声明したわけだが、その言葉遣いが悪かった。

「フランス国王一家に僅《わず》かでも危害が加えられることあらば、同盟諸王はパリを軍事制圧し、また徹底的に破壊するだろう。陰謀に加担した反徒には然《しか》るべき刑を科し、永久に忘れえぬような復讐《ふくしゅう》を行うだろう」

この文言《もんごん》がパリに届いたのは、二十八日のことだった。数日のうちに広まると、いうまでもなく人々は激怒した。

いくらか取り戻した人気を、ルイ十六世は一気に失った。やはり外国と内通していたのだと決めつけられ、しばらく下火になっていた「オーストリア委員会」への攻撃も、再び激しさを増した。

のみか廃位論さえ、いよいよ高まる。共和政の樹立を求める声とて、今や憚《はばか》られることがない。

――ブラウンシュヴァイク宣言は完全な誤算だったろう。

と、ロベスピエールは思う。王家にとって誤算であったばかりか、王家と連携を画策していたジロンド派にとっても、大きな大きな誤算だったに違いなかった。

内閣返り咲きを断念せざるをえなくなったばかりか、反王、親王、さらに反王と発言を二転三転させることになったため、今や党派としての良識が問われる羽目になったのだ。パリの人々に呆《あき》れられ、いよいよ世論に見放される危機なのだ。だから、ペティオン、無理はしないほうがいい。

「ブラウンシュヴァイク宣言は別として、八月三日の請願にしたって、君には関係ないんじゃないか。あれはパリ四十七街区《セクシオン》の名前で議会に届けられたはずだ」

「連名さ。『パリに対する残忍きわまりない計略』ゆえに廃位を求めると、それがパリの総意だった。実際に調馬場《マネージュ》付属大広間に持ちこんだのも、市長であるこの私だよ」

「かもしれないが、それでも関係ないのじゃないかね。その実はダントンたちに強《し》いられて、渋々ながらというところじゃなかったのかね」

そう叩《たた》き返してやると、ペティオンは再び息を呑《の》んだ。本当に今日の私は容赦がないなと、こちらのロベスピエールは我ながらに驚いていた。気が咎《とが》めないでもなかっただけに、話がダントンたちに転んだことは僥倖《ぎょうこう》だった。

パリの不穏な胎動は、ロベスピエールらが主導する連盟兵たちの運動だけではなかった。ダントンを事実上の指導者として、街区の活動も俄《にわ》かに熱を帯びていた。実をいえば、そのためにペティオンは奔走の毎日になったのだ。

最初が七月二十六日だった。パリ上京が遅れた連盟兵の一団がいて、その歓迎会が付近の酒場で催されるうち、バスティーユ広場で集会のような運びになった。

場所が場所だけに、すぐに駆けつける連中がいた。サンテール、アレクシス・アレクサンドル、クロード・フルニエ、ラゾースキー、ヴェステルマンら、かねて市民運動を展開してきた面々は、駆けつけるや騒ぎの連盟兵ならびに武装サン・キュロットたちと意気投合、その場で「蜂起委員会」の発足を宣言してしまったのだ。

「お喋《しゃべ》りしている場合じゃない。すでにして行動するときだろう」

サンテールに焚《た》きつけられて、すぐにも蜂起を決行しよう、明日にもテュイルリ宮を占領しようとなった。日付が変わる深夜には警鐘が鳴り響き、実際に行進も始まったのだが、そこに急行したのがパリ市長ペティオンだった。

ペティオンが必死の説得を行い、かろうじて蜂起は未然に防がれた。決行中止でなく、決行延期というのが、説得を容《い》れた「蜂起委員会」の言い分だったが、そのあたりの言葉遣いに、すでに取引の臭《にお》いがあった。

実際、蜂起を止めたのは第二助役のダントンだったというのが、専《もっぱ》らの噂である。夜が明けた二十七日には、パリ諸街区の「中央連絡事務所」なるものが発足して、パリ市政庁の一室を占めることになったからである。

部屋の事実上の主がダントンであれば、パリ諸街区の意見もまとまる。組織と団結を固めたうえでなら、要求も無視されない。ブラウンシュヴァイク宣言という予期せぬ追い風にも助けられたとはいえ、前段の攻防がなければルイ十六世の廃位要求なども、あるいはペティオンに無視されるだけだったかもしれない。

――こうした動きに王家のほうはといえば……。

当然ながら、警戒を強めていた。八月四日にはテュイルリ宮の警備を強化するために、スイス人傭兵千人が新たに配置された。千人はリュエイユ、クールブヴォワ両駐屯地《ちゆうとんち》から呼び寄せられた正規軍兵士、今のフランス軍では精鋭というべき部隊だった。

――まさに逆効果で、これではパリの神経を逆撫《さかな》でするばかりだ。

八月四日の夜のうちに、七月二十六日の「蜂起委員会」が再結成された。五日の朝には決行しようと気勢が上がったところに、またしてもペティオンが駆けつけた。

今度も延期に落着したが、甘んじて転んだからには、ただで起きるわけがない。昨日八月六日には、いよいよパリ諸街区と連盟兵の合同において、再び議会に王の廃位を要求している。

――しかし、議会に動く様子はない。

もとより決然と動くような議会ではない。フイヤン派は分裂、ジロンド派も方向性が定まらず、残りのジャコバン派は議会の帰趨《きすう》を握る立場にないとなれば、決定的な力を誰も持たないのである。

――となれば、外から圧力を加えるしかない。

今度こそとなるのは道理だ。そう了解しながら、いつか、いつかと騒然とした空気に酔いしれているというのが、今のパリなのである。

しかし、ペティオンはパリ市長として、都市の秩序を守らなければならない。ジロンド派としても、自分たちの手を離れた制御《せいぎょ》不能の群集に、勝手な蜂起を起こされたくない。

「で、今度は私と取引したいということかね」

と、ロベスピエールは続けた。ダントンに続いて、この私に何か耳打ちしようと。

「そういう言い方をしないでくれ」

ペティオンは抗議するかの口調だった。実際、君をダントンと同じとは考えていない。ダントンなら、こんな風には話さない。ああ、ダントンなら抑えられるのさ。

己の誠実を訴えるつもりだったろうが、その時点でペティオンは嫌みな感じだった。

同時にロベスピエールは思う。ダントンもみくびられたものだ。いや、権力者にポストを融通されるというのは、こういうことか。うまく時流に便乗しようとするならば、こうして下に扱われざるをえないのか。

——あるいは金ということか。

とも、ロベスピエールは思いついた。かねて感心しなかったところ、ダントンは断らない男だった。心づけであり、礼金であり、賄賂《わいろ》であるところの、様々な金子《きんす》のことだ。そういえば、ここ数日のパリには買収の噂も流れていた。ここぞと金庫を開放しながら、ルイ十六世は多方面にばらまいているらしかった。

あるいはペティオンが仄《ほの》めかしたのは、あの巨漢のところでも王家の金の授受があったという、裏の情報なのかもしれなかった。

「で、ダントンなら抑えられると。それが私が相手となると、取引など端《はな》から持ちかけるつもりもないと。なるほど、確かに私は、そんなもので信念を売り渡すつもりはないからね」

実際のところ、そういう金を忍ばせながら、デュプレイ家を訪ねた輩《やから》がないではなかった。もちろん拒絶して追い返したが、もしやペティオンが直々《じきじき》に足を運んだというのは、買収不調の報告を受けての話だったかもしれない。

8――友情の名の下に

――ジロンド派はやはり王家に通じているのか。

ロベスピエールの疑念をよそに、ペティオンは受けた。ああ、それなら、ちょうどよかった。ロベスピエール、ひとつ確かめさせてもらいたい。

「その決して売り渡すことのできない君の信念というのは、全体なんなのだい」

「一言でいうのは難しいな。けれど、それは眼前にある具体的な目標に託すことができる。すでに七月二十九日のジャコバン・クラブで表明してある目標だ。つまりは新しい議会、国民公会の召集だ」

「いいかえれば、今の立法議会は解散せよという主張だ。が、それは今議員になっている輩《やから》は気に入らない連中ばかりだから、さっさとクビにしてやりたいという発想かね。いや、あまりに卑俗な言い方になってしまったかもしれないが、つまりは政争、政略のうえでの理由から、君は議会の刷新を求めているのかね」

その夜のジャコバン・クラブでは、最初にジロンド派の議員ラスルスが、パリに留《とど》まる連盟兵を前線に送るべきだと提言をなした。いうまでもなく、ロベスピエールの活動の基盤を反故《ほご》にしたい発言だったが、これに応《こた》えて、今のフランスを救うためには国王廃位だけでは足りない、執行権を改めるなら立法権も改めなければならない、新しい議会を召集しなければならないと続けたのは事実だった。

が、それは上辺の話にすぎない。

「違う、違う、それは本質じゃないんだ。そもそも議会の刷新は、まったく違う文脈から出てきた構想なんだ」

最初に話が出たのは七月十五日、コルドリエ・クラブでの議論だった。そのときは決定的な措置を取れない立法議会に業《ごう》を煮やした発議で、こんな議会は駄目だ、アメリカ議会《コンヴェンシ》にならって「国民公会《コンヴァンシオン》」を召集しようと叫ばれたのみだった。

これがルイ十六世の廃位を求める声と一緒になって、俄《にわ》かに高まりをみせたわけだが、かたわらで今ひとつの注目するべき動きがあった。

七月二十七日、最初の蜂起《ほうき》延期が決まった日に、テアトル・フランセ街区は以後は能動《アクティフ》市民と受動《パッシフ》市民の区別をなくすると宣言した。蜂起の企てにおける「サン・キュロット」、つまりは無産階級の活躍を評価しての決定であり、これにパリの他の街区も次から次へと倣《なら》っていったのだ。

高まるばかりの気運に、議会も折れざるをえなくなった。三十日には能動市民のみとしてきた国民衛兵隊に、以後は受動市民も受け入れることが決議された。ブラウンシュヴァイク宣言の衝撃もあいまって、八月三日には自由のために戦う全員に市民権を与えるとも宣言された。だから、そうした流れのなかで、私の発言も理解してもらいたい。

「すなわち、新しい議員は普通選挙によって選出されるべきだ。普通選挙を実現するためだから、今こそ議会は新しくならなければならないんだ」

それこそはロベスピエールの悲願だった。フイヤン派が進めた憲法においては、あえなく否定された理想でもある。だからこそ執着する。今こそ是正の好機と思う。

「それは私とて、まったく同感だよ」

と、ペティオンは答えた。うんと大きく頷《うなず》いてから、ロベスピエールは慌てて確かめてしまった。えっ、なんだって。今、なんていったんだい、ペティオン。

「だから、同感だといっている。納税額による制限選挙法、いわゆるマルク銀貨法の悪を廃する。能動市民と受動市民の区別を廃する。君と私で戦ってきた、それこそ積年の大課題ではないか」

「それはそうだったけれど……」

「そうだったんじゃなく、今もそうなんだよ。普通選挙の実現については、私は変わらず、こだわり続けているんだよ」

いいきって、ペティオンは大きな笑顔だった。

嘘《うそ》をついているようには思えなかった。ああ、信じられる。いや、そんなに簡単に信じてしまうわけにはいかない。いや、それでもペティオンは信じられる。

ロベスピエールは受けた。君の考え方としては、確かにそうなのかもしれない。

「けれど、ジロンド派のなかには、いろいろな考え方があるんだろう。現にイスナールやブリソは、もう三十日には私の議会刷新案を攻撃してきたぞ」

「それは政争政略上の話さ。政権は欲しいからね。みすみす失うような議会の解散には、そりゃあ異議を唱えざるをえないさ」

「だとしても、結果は同じだ」

「同じじゃない。普通選挙の実現に関していえば、ジロンド派の面々は誰ひとり反対しないだろう」

「…………」

「本当さ、ロベスピエール。ああ、パリ市長として、ジロンド派の領袖《りょうしゅう》として、遠からず普通選挙の施行による国民公会の召集が実現すると約束しよう」

「だから、私に協力しろと」

「協力しろとは求めない。主戦、反戦の激論があったわけだから、ロベスピエール、君としてもジロンド派と親しく席を並べたくはないだろう」

「では、なにを求める」

「だから、パリを鎮めてほしい」

ロベスピエールは少し黙った。なるほど、影響力に自負ある身にして、確かに胸三寸の話だった。連盟兵さえ動かなければ、パリの蜂起は大きな脅威にはならない。すでにダントンが抑えられ、パリの諸街区が動かないとするならば、連盟兵ばかりが先走るわけにもいかない。

「もとより私は暴力が好きなわけじゃない」

そう声に出してしまってから、ロベスピエールは自分が折れかけていることに気がついた。いや、なんというか、言葉のうえでは煽動《せんどう》もするのだが、武装蜂起が最善の策と考えているわけじゃない。ただ無為無策の議会に圧力を加える手段としては、連盟兵の存在は効果的だと思われたのさ。普通選挙の実現に梃入《てこい》れすることになるならばと……。

「だから、それはジロンド派が議会で進める。いや、ジャコバン・クラブの諸議員も賛同してくれるなら、もう法案の可決は約束されたようなものじゃないか」

「しかし、まだフイヤン派がいる。しぶとい連中だ。本当に押し切れるのか」

「押し切れる、いや、押し切るさ」

「蜂起という切り札を捨てたとたん、たちまち弾圧という話になるんじゃゃ……」

「蜂起なんか起こしたら、そのほうが身の破滅になるよ」

ペティオンが切りこんだ。ただでさえ肥えた身体《からだ》が、刹那《せつな》ぐんと膨らんだかに感じられた。それはロベスピエールに息を呑《の》ませたくらいの迫力だった。

「ああ、そうだ。刹那的で、感情的で、打算があっても理想はなく、まさに手がつけられない。やはり大衆というのは魔物さ。いつ、どこに、どう転ぶか、ちょっと予見できないところがある」

「だから、あてにするなと。はは、カミーユがいっていた通りだな」

「なんだい」

「ジロンド派にはサン・キュロットを馬鹿にする風があるというんだが、なるほど、当たらずとも遠からずというところだな」

「それは違う。だから、話を最後まで聞いてくれ、ロベスピエール。大衆は魔物だと、そう思いこんでいるのは、フランス王ルイ十六世なんだ」

「……………」

「このままでは亡命を決断しかねない。そのあたりの情報は、ロベスピエール、君もつかんでいるはずだ」

「それは、ああ、その通りだが……」

「恐らくは君が入手している情報だけじゃないぞ。それこそフイヤン派が動いている。

ラ・ファイエットではないが、かねて開明派貴族と呼ばれた面々も少なからずが加担している。リアンクール公爵、マルーエ、ベルトラン・ドゥ・モルヴィルといったあたりが計画しているノルマンディ脱出案なんか、現地の連盟兵まで抱きこんだとか。ああ、ヴァレンヌなんか比べ物にならないよ。イギリス渡航まで視野に入れた本格的なものだよ」

「………」

「ここでルイ十六世に亡命されたら、どうなる。戦争中なんだよ。ブラウンシュヴァイク宣言は洒落《しゃれ》で終わらなくなるよ。外国の軍隊がパリを占領してしまう。ああ、王はパリに留めなければならない。ジロンド派は右傾化したというけれど、それも引き止め工作に目の色を変えているからなのさ」

「………」

「ぎりぎりの選択なんだよ、ロベスピエール」

「わかった」

と、ロベスピエールは受けた。わかったと、そう受けるしかなかった。ペティオンが明かした内情に、嘘があるとは思えなかったからだ。ジロンド派の勝手な論理が目につくだけ、その本心を疑う余地などなかったのだ。

「だから、わかった。蜂起は起こさない。蜂起につながるような煽動も試みない。あくまで理性的な運動の範囲に留める」

「ありがとう、ロベスピエール。話せばわかると思った。やはり君は無二の友だ」

そうペティオンにまとめられれば、悪い気はしなかった。ああ、蜂起さえ未然に防いで、王さえ手中にできれば、どうとも先の展望は拓《ひら》かれるよ。ああ、事態が鎮静化してから、議会を解散すればいいのさ。普通選挙で、国民公会を召集すればいいのさ。そのうえで国王裁判を開いたっていい。

さらに続けられるほど、いつかと誓う反骨の闘士として、ともに肩を並べながら退場した、あの憲法制定国民議会最後の日に戻れたような錯覚もあった。ああ、あのときはパリの民衆に称《たた》えられた。大いに支持され、活躍を期待された。なにも蜂起など計画しなくとも……。

「友情の名の下に、もうひとつ」

踵《きびす》を返しがてら、ペティオンが最後に付け足していた。なんだねと確かめたとき、すでに胸騒ぎが起きていた。これも裏の情報なんだが、ああ、ロベスピエール、気をつけたほうがいい。

愛犬ブラウンが吠《ほ》えたのは、そのときだった。ほぼ同時に乾いた音が弾《はじ》けた。さほど怖いとも思わなかったが、ばさと葉を鳴らしながら、庭木の枝が折れて落ちた。狙《ねら》われていたの銃弾だと気がついてから、ロベスピエールは後頭部に寒さを感じた。

か。裏庭で話している間中ずっと……。撃たれたのか。ペティオンの陰になっていなければ……。

9——痛手

サン・トノレ街を訪ねてみれば、あたかも籠城《ろうじょう》するがごとくだった。

八月七日、夕暮れどきの裏庭に乾いた銃声が谺《こだま》してからというもの、デュプレイ家は文字通りの厳戒態勢になった。

守られていたのは、もちろんロベスピエールである。ただ大切にされたというのみならず、かの清廉《せいれん》の革命家には会うのも容易でなくなった。ふらりと立ち寄り、やあ、マクシムはいるかい、とはいかなくなったのだ。

事前の約束が必要になったというか。なければ、面会を申しこまなければならなくなったというか。

不意の来客が嫌われるようになっていた。のみならず、きちんと手続きを踏んだとしても、なお検問を通らなければならなかった。兵隊常駐の番小屋が建てられたわけではなかったが、それはルイ十六世のテュイルリ宮でもこれほど厳格ではあるまいと思わせるほどの検問だった。

名前を告げて、面会の予定が確かめられても、すぐには取り次いでもらえない。すんなり通してもらえるのは身内とみなされる人間のみ、つまりはデュプレイ家の家人に、ロベスピエールと同じ下宿人のジョルジュ・オーギュスト・クートン、それに最近上京してきたというロベスピエールの弟オーギュスタンくらいのもので、他は必ず玄関で止められた。

そうまでしなければならない事情も、察しないではないとしても、である。

「僕やダントンまで調べるのかい」

デムーランとしては苦言を呈さないでいられなかった。というのも、これまでだって何度となく訪ねてるんだよ。顔くらい、知ってくれているはずじゃないか。

「そもそも用向きを検《あらた》められることからして、釈然としてはいないんだ。だって、マクシムとは学生時代からのつきあいなんだよ。デュプレイさんより、ずっと古いというわけなんだよ。ああ、マクシムには息子の名付け親になってもらったほどだ。友達が友達を訪ねる、そのことに、もっともらしい理由を述べ立てなければならないなんて、そりゃあ納得いくわけがないよ」

「申し訳ございません、デムーランさん。お気持ちはお察しいたしますが、時期が時期なものですから、ええ、たとえ御友達《おともだち》であろうと、確かめさせてもらいます」

譲らないのは、モーリス・デュプレイだった。これが下宿人だの、居候だのの話であれば、うるさい、いいから早くマクシムに取り次げと、大声で一喝できたかもしれない。が、歴《れっき》としたブルジョワである一家の主《あるじ》自らに門番然と構えられれば、こちらとしても強引な押しの一手とはいかないのだ。

「わかりました。わかりました。ええ、それならデュプレイさん、僕も理由を述べますよ。ええと、ロベスピエール氏は秘密指導部の中心人物であられるわけですから、向後《こうご》における連盟兵の指導方針について是非にも確かめさせていただきたいと、それが当方の来意でございます」

と、公文書の文面は、これくらいでよろしいですか。皮肉を足しても、デュプレイ氏は頰《ほお》の皺《しわ》ひとつ動かさなかった。それどころか、抑揚のない声で淡々と受けてのけた。なるほど、連盟兵の指導方針ですか。そういうことでしたら、用向きを検めさせてもらって、やはり正解でした。

「時期が時期ですからな」

デムーランが業腹《ごうはら》なのは、両手を上げた万歳の格好までさせられたことだった。胴体まわりを執拗《しつよう》なほど手で触れて、デュプレイ氏は武器の有無まで調べたのだ。いや、僕が拳銃《けんじゅう》を隠し持つような人間にみえるか。こちらも時期が時期だと、護身用に携行することがあったとして、それでロベスピエールを殺すと思うか。

「俺のげんこつは調べねえのかい」

同じように身体《からだ》を触られながら、ダントンのほうは固めた自分の拳《こぶし》に、わざとらしい接吻《せっぷん》だった。使いようによっちゃあ、これも人殺しの道具だ。ああ、俺にとっちゃあ、可愛《かわい》い奴《やつ》なのさ。

それは赤子の頭ほどもある大きな拳だった。この巨漢は「フランス式ボクシング」の達人なのだと、たとえ予備知識を欠いていたとしても、一目で言葉の意味を納得させるだけの力に満ちた代物だ。これほどの威嚇《いかく》にもデュプレイ氏は、頑として後退しようとしないのだ。

「このまま御帰り願ってもよろしいのですよ」

いいながら、上着の隠しから取り出したものがあった。自分こそ拳銃を携帯していた。デュプレイ氏の弟子たちも、ばっと動いて、こちらは長銃を構えた。同時に数丁を突きつけられれば、さすがのダントンも万歳の姿勢のままで降参するしかなかった。

「冗談だよ、ほんの冗談」

「のようですので、今回だけは取り次いでさしあげましょう」

デムーランさんとダントンさんですから、特別扱いということです。デュプレイ氏はそうまで恩を着せてきたが、ということは顔と名前が一致しない輩《やから》など、たとえ真当《まっとう》な理由で訪ねてきても、門前払いの仕打ちに遭わざるをえないに違いない。

そんなことを考えている間にも、デムーランは痛いくらいの視線を感じ続けていた。デュプレイ家の面々ときたら、まだ許したわけじゃない、ロベスピエールから会うと返事が来るまでは敵だと、そういわんばかりの身構え方だった。

――いくら暗殺されかかったといっても、大袈裟《おおげさ》すぎるのじゃないか。

面会を許されて、案内された先がデュプレイ家の地下室だった。

普段は葡萄酒《ぶどうしゅ》だの、小麦の粉の袋だの、干し果実などを蓄えているらしく、食糧独特の芳《かぐわ》しさが漂う場所だった。薄暗く、またひんやりした空気も確かに流れていた。それにしても、真夏の八月なのだ。

頭から毛布をかぶり、ロベスピエールは震えていた。蠟人形《ろうにんぎょう》を思わせる薄紫の頰を覗《のぞ》かせ、双眼の下には煉瓦色《れんがいろ》の隈《くま》まで走らせながら、昨日から一睡もしていないようにみえた。

――自分が殺されかけたという戦慄《せんりつ》、いまだ覚めやらぬ……。

なるほど、今日八月八日では、この夕刻まで置いても、まだ丸一日でしかなかった。暗殺未遂事件は、まだ昨日のことなのだ。

危急の事態を知らされて、デムーランは昨日もサン・トノレ街に駆けつけた。が、すっかり怯《おび》えたロベスピエールは、ガタガタ、ガタガタ、手と膝《ひざ》を震わせているばかりだった。満足に話せる状態ではない。とりあえず引き揚げて、一夜明ければ少し話ができるのじゃないかと改めたのが、この八日の訪問だったのである。

引き籠もりを続けるロベスピエールを、情けないと罵《ののし》るべきか。それとも無理ない話だと、同情するべきなのか。デムーランは俄《にわ》かには決められない気分だった。

例えば自分ならどうか、とも考えてみた。真夏といえば、近年のデムーランには危険がつきものだったからだ。

一七八九年七月のパリ総決起からバスティーユ襲撃にかけた数日、そして一七九一年のシャン・ドゥ・マルスの虐殺と、それこそ命に関《かか》わるほどの危険に放りこまれている。そんなもの、ぜんぜん平気と強がってみせる気もなく、それどころか自他ともに認める怖がりなので、渦中の記憶は今も夢にみるくらいである。

——それでも、ロベスピエールみたいには崩れない。

これほど自分を無くしてしまうことはない。危急の一瞬であるならば、頭のなかも白くなってしまうだろうが、その種の思考停止が翌日まで続くとは思われないのだ。

そう断じるデムーランも、安直な優越感に浸りたいわけではなかった。根のところでは、なお自分のほうが怖がりだろうと、そうまでの自覚がある。ロベスピエールには勇敢な、あるいは怖いもの知らずというべきなのかもしれないが、とにかく普通では考えられない大胆な行動さえ、少しも躊躇《ためら》わない一面とてあるからだ。

——それも専《もっぱ》ら観念的というか……。

頭で考えている分には、ロベスピエールほど強靭《きょうじん》な魂の持ち主も珍しい。が、これが物理的な恐怖となると、もう話が一変する。

そういえばと思い出したところ、どんな言葉にもめげない勇者は、昔から暴力だけはからきしだった。小男ゆえの劣等感が強烈なのか、拳骨ひとつの脅しにも立ち向かえず、一も二もなく降参したものだった。

「いや、私は許さないぞ」

ロベスピエールは毛布を撥《は》ねのけた。ああ、ルイ十六世のところに行く。あの卑劣な暴君に直談判《じかだんぱん》を試みて、綺麗《きれい》に話をつけてくる。

激越な言葉のままにバッと動き、実際椅子《いす》から立ち上がりかけたのだが、その膝が伸び切る前に、デュプレイ氏の手が元の椅子に押し戻した。

「落ち着いてください、ロベスピエールさん」

取り次ぎのみならず、面会の場にまで立ち会い、なお革命家の守護神であり続ける。

ロベスピエールが怯えているというより、デュプレイ氏のほうが安全な場所から出ることを許さないのかもしれないなと、そうもデムーランは観察しないではなかった。

——過保護の嫌いは、確かにある。

10――後退

デュプレイ家の手厚さは、今に始まる話でなかった。

きちんきちんと出される三度の食事、汗染みひとつ許さない行き届いた洗濯、ジャコバン・クラブに出かける間に済まされる掃除、身だしなみを整える鬘師《かつらし》の類《たぐい》まで手配して、ここに下宿しているかぎり、全ての神経を仕事に集中することができる。

まさに理想といえるのだろうが、かたわらでロベスピエールは夜が早い、寄り道しない、他では人と会わないと、サン・トノレ通りの界隈《かいわい》から、それも五分もあれば往復できる範囲から、ほとんど出ない毎日になっていた。

あげくが、今度の一件だ。過保護に拍車がかかるのは、むしろ道理だ。

ロベスピエールに暴れられて、揉《も》み合いになっていながら、不屈のデュプレイ氏は理屈を重ね続けていた。

「というのも、ペティオン市長と約束なされたのでしょう。ええ、蜂起《ほうき》には踏み出さないと。連盟兵の煽動《せんどう》は行わないと」

「ですから、私ひとりで行きます」

「いいえ、ロベスピエールさん、あなたひとりでは済みません。あなたが動けば、自《おの》ずと大勢がついていくことになるのです。ええ、もっと自覚なされるべきだ。あなたは影響力のある人間なのです」

「関係ない。関係ない。あくまで私は個人として話をつけるつもりなのです。仮にあとをついてくる者がいても、テュイルリ宮の玄関から先は同道を断るつもりです」

「そんなことをして揉めている間にも、またどこかから狙《ねら》われることになるかもしれませんよ」

土台が一歩でも外に出れば、また撃たれかねないんだ。興奮したのか、そう続けるまでにはデュプレイ氏のほうも取り乱して、ほとんど脅すような大声になっていた。だからというわけではあるまいが、ロベスピエールは椅子《いす》にすとんと腰を落とした。

「どうしたらよいのだ。私は一体どうしたら……」

嘆きながら、手が、膝が、再び震え出している。そうした様子をデムーランは、すでに腹立たしいくらいの思いでみつめていた。

ロベスピエールの臆病《おくびよう》は臆病として、半面の事実である。が、デュプレイ氏の過保護が甘やかしの域であるなら、本当は立ち直れるものだって、立ち直れなくなる。

それを感心するとかしないとか、第三者の高所から観察している場合ではなかった。他人事《ひとごと》ではないからだ。ロベスピエールが本当に脱落するなら、それは大きな誤算だからだ。

これについては、暗殺未遂すら関係ないかと、デムーランは自分の頭を整理した。そもそもの問題が「ペティオン市長と約束なされた」ことだったからだ。

今や事なかれ主義が信条のパリ市長は、とにかく穏便に、とにかく手荒な真似《まね》だけは控えてと、あちらこちらを奔走する日々である。決定打と目したのがロベスピエールの説得というわけで、暗殺未遂の直前、つまりは昨日八月七日までに、それに成功したというのだ。

――僕らには大きな後退だ。

デムーランは心に吐かないでいられなかった。ロベスピエールこそ、連盟兵の去就を握る男だからだ。連盟兵が動かないでは、蜂起の爆発力が大幅に減じてしまうのだ。

やはりロベスピエールには、なにがなんでも動いてもらわなければならない。ダントンと二人、改めてサン・トノレ街に足を運んだのは、そうした説得のためだった。

ペティオンの話になど耳を貸すな。蜂起は起こさなければならない。起こさなければフランスは変わらない。ジロンド派のように優柔不断に捕われているようでは、フイヤン派を突き崩すなど夢でしかない。シャン・ドゥ・マルスの断罪も永遠にかなわない。

ルイ十六世だって、このフランスに君臨し続ける。ヴァレンヌ事件の責任を取らないだけじゃない。君を亡きものにしようとした悪意だって、御咎《おとが》めなしということになってしまうんだぞ。

それくらいの言葉を吐けば、ロベスピエールは動くだろうか。いや、だから難関はデュプレイ氏のほうとみるべきか。この保護者を納得させないかぎり、清廉《せいれん》の革命家に行動の自由はないか。

「いや、マクシムは動かなくていいのです。ええ、デュプレイさんのいう通り、この安全な地下室に隠れ続けるというのが、今は最上の選択でしょう。ただ指令だけ出してほしいというのです。連盟兵だけ動かしてもらいたいというのです」

それくらいの言葉で説得するなら、デュプレイ氏も折れてくれるか。ロベスピエールの命が守られるなら、あとはペティオンを取るか、それともこちらか、要は二者択一の選択になるわけで、それなら勝算がないとも思えない。

そうやって、デムーランが考えを詰めている間にも、地下室のやりとりは続いていた。ガタガタ震えていながらも、ロベスピエールはぶつぶつ繰り返していた。

「行かなければ……。やはり私は行かなければ」

それをデュプレイ氏が静かに宥《なだ》める。外に出てはいけません。外に出てはいけません。

まさに予想通りの展開である。誰が考えても、図式は同じなのである。

「ああ、マクシムは動かなくていい。ああ、デュプレイさんのいう通り、この安全な地下室に隠れ続けるというのが、今は最上の選択だろうさ」

ダントンが割って入っていた。当人たちには真実意外だったらしく、ロベスピエールも、モーリス・デュプレイも唖然《あぜん》として、しばし半端に口を開いたままだった。

そうした表情を認めて、刹那《せつな》に失笑していながら、もう直後にはデムーランも思い返した。ああ、僕だって驚きのあまり、似たような顔をしているのかもしれない。

というのも、さらにダントンは続けたのだ。ああ、動くな、マクシム。

「ペティオン市長と約束したなら、なおさらのことだ。仮に連盟兵のほうから求められたとしても、今は迂闊《うかつ》な指令なんか出せたものじゃなかろうさ」

「しかしだ、ダントン、それでは……」

「ああ、あの憎きルイ十六世は、のさばり続ける。それでも命を狙われているんだ。今は仕方なかろうさ」

「…………」

「闇雲《やみくも》に動くことだけが革命じゃねえ。ああ、六月二十日に失敗してな、俺も少しは成長したさ。もっとも俺なんかには他に能がないわけだが、マクシム、あんたは違う。蜂起を煽動するなんて、少なくとも、あんたの使命じゃねえと思う」

「しかし、それでは、私の使命とは……」

「理想を語れ、マクシム」

今やダントンは命令するかのようだった。ああ、あんたが動かないことは確かに痛手だ。誤算も誤算、大誤算で、これで計画した蜂起も白紙同然になっちまった。が、だからといって、なにも全てが台無しになっちまったとは思わねえ。ああ、もう後がないだなんて、焦る必要も感じねえ。

「俺が思うに、大きな流れとしては、決して悪かねえんじゃねえかなあ。偉大な歩みのただなかにいる、それだけは間違いねえんじゃねえかなあ。なんてったって、革命が正しい姿に戻ろうとしてるんだ。いつ、どういう形で実現するのか、俺の頭じゃ先なんか読めねえが、それでも、この大筋だけは変わらねえと考えてる。いや、変えちゃならねえ。そうだろ、マクシム」

だから、理想を語れと、ダントンは繰り返した。理想を語れ、マクシム。そのときが来たら、ひとりのフランス人も道を外れることがないよう、あんたは、ひたすら理想を語り続けてくれ。

「ああ、この暗殺騒ぎが落ち着くまで、この地下室に籠《こも》りきりで、ひとつ飛びきりの演説でも考えておいてくれっていうんだ」

「そうですとも、そうですとも」

デュプレイ氏も迎合した。現金なくらいに喜色満面になってもいた。いや、さすがはダントンさんです。ええ、ロベスピエールさん、この方が仰《おつしや》った通りですよ。あなたにはあなたの使命がある。命の危険を冒して、蜂起をやらかすなんて、あなたが担うべき役割じゃない。

ダントンの物言いには、またロベスピエールのほうでも思うところがあったらしい。あるいは、ようやく立ち直りつつあるというべきかもしれないが、いずれにせよ椅子を立ち上がるにも今度は落ち着いた様子で、目つきにも平素の生気が戻っていた。

それどころか鋭い眼光は、頭でっかちな怖いもの知らずの復活さえ思わせた。ああ、ダントン、貴重な忠告をありがとう。自分を確かめられた気がする。本当にありがとう。

「ただ君の勧めに従う前に、ひとつ確かめたいことがある」

「なんだ」

「噂《うわさ》を聞いた。ダントン、君は王の金を受け取ったのか」

「王の金だと」

聞き返したとき、ダントンは明らかに不服げだった。デムーランとしても、介入しないではいられなかった。マクシム、いくらなんでも、ひどいぞ。ダントンは蜂起を計画してきたほうなんだぞ。ルイ十六世の金なんか受け取るわけがないじゃないか。

「だったら、どうして、こうも簡単にあきらめる」

「…………」

「私が動かなければ、計画してきた蜂起が白紙に戻らざるをえない。にもかかわらず、それを受け入れ、のみか私を責める素ぶりもないというのは……」

「それは君の美質を別して評価しているから……。いや、いや、マクシム、そもそも脱落した君が責める筋じゃないぞ」

おかしいぞとは憤りながら、デムーランは後の言葉を継ぐことができなかった。かたわらでは、自分も驚いていたからだ。ああ、ダントンの態度は確かに解《げ》せない。自分の政治生命すらかけていたはずなのに、こんな簡単にあきらめるはずがない。

戸惑う間にロベスピエールが繰り返した。ああ、はっきりと答えてくれ、ダントン。

「君は王の金を受け取ったのか」

「いいや、受け取ってねえ」

「本当だな」

「本当だ」

数秒の沈黙が続いた。二人の視線が、がっちり組み合った数秒だった。が、ある瞬間にロベスピエールが破顔した。わかった。君の言葉を信じる。ああ、ダントン、それでは君の勧めにも従うことにするよ。飛びきりの演説を考えることにするよ。

11――勝算

帰り路は、すっきりしない気分だった。

少なからず落ちこんでもいて、ダントンと肩を並べて歩きながら、それこそシテ島を抜けるときまで、一言も交わさなかった。いや、左岸に渡ってからも、なかなか会話にならなかった。ソルボンヌ教会の影に呑《の》まれた刹那《せつな》など、また沈黙に襲われたほどだった。

が、そうするうちに気配が届いた。賑やかな喧《やかま》しさも聞こえてきた。言葉をやりとりする気力を取り戻したのは、コルドリエ街に帰りついてからだった。

変わらず活気あふれる界隈《かいわい》だった。いや、その夕《ゆうべ》にかぎっていえば、作家、思想家、新聞屋の類《たぐい》がカフェで激論を交わしているだけではなかった。あちらこちら通りに溢《あふ》れて、また連盟兵の軍服も目についた。夜の訪れを待てずに、もう飲み始めているわけだが、その羽目の外し方にも、いくらか自棄《やけ》な感じがあった。

なるほど、フランスは広い。連盟兵のパリ上京も、七月十四日に間に合わない地方があって、別段に奇妙な話ではなかった。

七月二十五日に到着したブレストの連盟兵、三十日に到着したマルセイユの連盟兵がそれで、急遽《きゅうきょ》コルドリエ僧院に宿舎を与えられることになったものの、なんのためにパリまで来たのかわからないといった気分は、やはり否めないようなのだ。

「あるいは手持ち無沙汰《ぶさた》も、先着の部隊のようにロベスピエール先生と侃々諤々《かんかんがくがく》の議論をすれば、いくらか気が紛れたのかもしれないが……」

そう思いかけて、デムーランはハッとした。いや、違う。それも今はなくなったのだ。

「マクシムは誤算だったね」

そう始めると、ダントンの返事も短かった。ああ、誤算だった。これという感情も読み取れない口調で、先が続くという風もないので、デムーランは自分から問いを重ねた。

「で、どうするんだ、ダントン」

「どうもしねえさ」

「どうもしないって……」

「俺たちがどうこうするって話じゃねえだろう」

「えっ」

「だから、ロベスピエール先生のことは、かえって連中の誤算なのさ」

「まるで意味がわからない。それは……」

「蜂起《ほうき》は決行する」

と、ダントンはいった。ああ、つまりは、そういうことだ。俺たちは予定通りに蜂起する。それも大急ぎでだ。できれば明日、できなくても明後日《あさって》というくらいの日程だ。

「はは、あいつら、ロベスピエール脱落と聞いて、これで蜂起はなくなったと、油断しちまったに違いねえ。その隙《すき》を突いてやるというわけさ」

豪快な笑いに続けて、ダントンは腕を組んだ。ふんふんと頷《うなず》きながら、ぶつぶつ続けたことには、ああ、こいつはうまいことになったかもしれないぞと。

「それこそ理想的な展開かもしれないぞ。ロベスピエールはペティオンとの約束を守るわけだからな。ジロンド派も文句はいえねえわけだからな」

「ジロンド派は関係ないんだろう」

「蜂起には関係ねえ。が、今の政権を倒した後に新しい政権を作るには、俺たちだけじゃあ力不足だ。もとよりフイヤン派の打倒が目的だってんなら、あとはジロンド派の手を借りるしか仕方ねえ」

「それって、本気なのかい、ダントン」

「本気だ。どうしてだ」

「だって、ジロンド派は蜂起に反対なんだろう。勝手に蜂起など起こしてと、マクシムは責めなくても、ダントン、君には文句をいうんじゃないか」

「いわねえさ」

「どうして」

「連中には弱みがあるからな」

「その弱みというのは」

「ロベスピエール暗殺未遂の一件に決まってらあ」

「えっ、えっ」

再び馬鹿みたいに聞き返して、またしてもデムーランには言葉の意味が取れなかった。数秒考えてから、ようやく問いを発することができた。えっ、しかし、それは違うんじゃないのかい。

「犯人が特定されたわけじゃないけれど、いくらなんでも、ジロンド派が犯人だなんて、まさか、それは……」

「ねえかなあ。まあ、俺も自分で裏をとったわけじゃねえが、ううん、けど、思うに、やっぱりジロンド派の仕業《しわざ》さ」

「馬鹿な、馬鹿な、ペティオンと約束ができたばっかりだったんだよ」

「念には念をということだろ。どうでもマクシムには動いてほしくなかったんだろ」

「しかし……」

デムーランは釈然としなかった。成立しない推理ではない。が、説得力は感じられなかった。というか、ロベスピエールの思いこみのほうが、遥《はる》かに的を射ている印象だ。

「マクシムを殺そうとしたのは、やはりルイ十六世なんじゃないか」

食い下がっても、ダントンは譲らなかった。それは、ねえ。断言までされてしまえば、ますます釈然としなくなる。暗殺犯の正体は措《お》くとして、ダントンの様子が釈然としないというのである。

「ダントン、ひとつ聞いていいかい」

「ああ、なんでも聞いてくれ」

「さっきの話を蒸し返すようだけど、ルイ十六世の金は本当に受け取っていないんだね」

「ああ、あれか。いや、受け取った」

「…………」

「五万エキュもくれるっていうんだ。わざわざ断る必要はねえだろう」

「やはり買収されていたのか、ダントン、君という男は……」

「買収なんかされてねえ。だから、蜂起は決行するんだよ」

「それは、どういう……」

「どうもこうもねえ。金はもらった。が、なにか約束したわけじゃねえ。いうことを聞くともいってねえ。だから、俺は自分が好きなようにやる。それだけのことだ」

「それだけのことって……」

「てえのも、蜂起を成功させようと思えば、金だってかかるだろうが」

そうやって、ダントンは再びの高笑いだった。それを豪放磊落《ごうほうらいらく》として褒めるべきか。それとも出鱈目《でたらめ》として責めるべきか。自分の心を決めるより先に、デムーランも釣られて噴き出してしまった。

「まったく、ダントン、君はとんでもない奴《やつ》だなあ」

是非を論じる以前に、なんだか痛快だった。善悪を決めるより、ダントンらしいという思いのほうが先に立ち、してみると、あとはデムーランも気持ちよく笑うしかなかったのだ。

もちろん、いつまでも笑っていられるわけではなかった。真顔に戻して、デムーランは確かめた。それでダントン、その蜂起の話なんだが……。

「単刀直入に聞くけど、勝算はあるのかい」

「ある」

「マクシムが動かなくても、かい。つまりは連盟兵の動員なしでも、かい」

「連盟兵にしたって、皆が皆ロベスピエール先生のいうことを聞くわけじゃねえ。自分たちの勝手で動く血の気《ちのけ》の多い連中だって、なかにはいないわけじゃねえ」

てえか、そいつらを抱きこむためには、せいぜい歓待することさ。その飲み食いに金もかかるだろうから、陛下の寄付もありがたく頂戴《ちょうだい》したってわけなのさ。また高笑いを続けられれば、デムーランも強《し》いて言葉を返そうとは思わなかった。ダントンが考えていることも、なんとなくだが、みえてきたようだった。

12――食事会

歌声は耳に痛いほどだった。
「行こう、祖国の子供たち、
栄光の日は来《きた》り、
我らに向けて、暴君の、
血染めの旗が掲げられたぞ、
血染めの旗が掲げられたぞ、
君には聞こえないというのか、
残忍な敵兵どもが野に吠《ほ》えるのが、
どこまでもやってきて、
息子が、妻が、喉《のど》を裂かれてしまうんだぞ、
武器を取れ、市民諸君、

さあ、隊伍《たいご》を組もうじゃないか、
進め、進め、
畑の畝《うね》を潤すに、
敵の汚れた血を流せ」
その歌は正式には『ライン方面軍のための軍歌』というらしかった。
一七九二年四月、アルザスの都市ストラスブールの市長ディートリッシュは、すぐ国境の向こう側にオーストリア軍がいるという地勢からも、フランス軍には是非とも奮闘願いたい、その士気を鼓舞する歌を作りたいと言い出した。
希望に応《こた》えたのが、市長宅に招かれていた工兵将校、将兵の間では専門の土木技術より音楽の才で知られたルージェ・ドゥ・リールという人物で、それが一夜のうちに作詞作曲したのが、この『ライン方面軍のための軍歌』なのだ。
厳《おごそ》かな感じがあり、それでいて躍動感もあり、ために精神が自《おの》ずと高揚するような一曲で、即興で作られたとは思えないほど、よくできた軍歌である。『ライン方面軍のための軍歌』は爆発的に流行した。みるみるうちに全軍にひろまって、フランス軍では歌えない兵士もいないくらいになった。
ライン河を睨《にら》む戦線で歌われる、まさに『ライン方面軍のための軍歌』になったわけだが、これがパリでは専《もっぱ》ら『ラ・マルセイエーズ』と呼ばれていた。パリに持ちこんだのが、マルセイユの連盟兵だったからだ。

七月十四日のために上京するも、全国連盟祭が幕を引いた後の七月三十日まで到着が遅れたという、例の間抜けな兵団である。

その連中が自棄《やけ》半分で声を張り上げながら、人気の軍歌をパリでさかんに歌ったのだ。『ラ・マルセイエーズ（マルセイユ野郎どもの歌）』と呼ばれるまでに繰り返して、パリでも流行《はや》らせてしまったのだ。

「アーロン・ザンファン・ドゥゥ・ラー・パァァトリ、ル・ジュル・ドゥ・グロワール・エターリベ。コントル・ヌ・ドゥー・ラァァ・ティラニィィ、レッタンダール・サングラン・テッレヴェー、レッタンダール・サングラン・テッレヴェー」

世辞にも美声とはいいがたい、がなるような歌声は、デムーランのアパルトマンにも響いていた。

狭い四壁に反響させて、なお喉から嗄れ声《しわがごえ》を絞り出すかの男は、日焼け顔に髪を短く刈りこんだ風貌《ふうぼう》で、ただいるだけで潮の香りを漂わせるかのようだった。あるいは海の男と、こちらに先入観があるせいか。

名前をレベッキといい、これまたブーシュ・デュ・ローヌ県の都マルセイユから来た連盟兵の将校だった。

八月九日、それはコルドリエ街、行政上の区分にいうテアトル・フランセ区で催された食事会の夜だった。コルドリエ僧院に投宿している兵団の主だった面々を、デムーランは界隈《かいわい》の名士として自宅に招いたというわけだ。

──金ならある。

ダントンが大枚を預けてくれた。ルイ十六世の金かもしれないとは思いながら、この際だからと、デムーランも頓着《とんちゃく》しなかった。

物価急騰《きゅうとう》なにするものぞと、気前よく食材を買い入れると、これでもかというほどに美酒銘酒の類《たぐい》も並べて、それこそマルセイユの連中にパリの心意気を示すくらいの意気込みで歓待した。

田舎《いなか》にやっていたリュシルも、急遽《きゅうきょ》パリに戻した。いくら金があり、豊富な食材に、贅沢《ぜいたく》な酒にと揃《そろ》えられても、このフランスでは亭主ばかりが奮闘しているようでは格好がつかないからである。

客を招待するというのに、奥方が顔も出さないでは、それこそ失敬に相当する。妻たるもの、夫の客には女主人《オテス》として愛嬌《あいきょう》を振りまき、できれば手料理なども振る舞ってもらいたいのだ。

デムーランに意を伝えられて、リュシルも嫌がらなかった。ただ産後の疲れはあるからと、田舎から一緒にデュプレシの義母とお手伝いを連れてきた。なお全て手料理とは行かず、仕出しも頼むことになったのだが、それでも食事会は大成功の運びになった。

うまい、うまい、これが噂《うわさ》の宮廷料理という奴《やつ》ですかと、陽気な軽口を叩《たた》きながら、レベッキはじめ、マルセイユ連盟兵の代表たちは上機嫌だった。

フレロン、ロベールというようなコルドリエ街の常連たちにしてみたところで、いや、驚いた、デムーラン夫人の意外な一面をみたと大袈裟《おおげさ》に茶化しながら、なお不愉快な様子は皆無だった。

――でも、ちょっと笑いすぎかなあ。

デムーランがいうのは、面々のことではない。やけに笑っていたのは、リュシルのほうだった。休みなく笑い続けて、ちょっと普通でないほどなのだ。

役目として飲まないわけにはいかないとはいえ、いくらか酒がすぎたのかもしれなかった。出産まで自重に自重を重ねていただけに、それを果たした解放感から、ついつい羽目を外してしまったという嫌いもあったろう。

マルセイユの連中も愉快だった。港町の出らしく気が荒い半面で、南フランスの人間に特有の陽気も、多分に持ち合わせていたからだ。パリのお嬢さん育ちのリュシルには、恐らく初めて言葉を交わす種類の男たちであり、それが新鮮な面白みになったことは否めないのだ。

いずれにせよ、リュシルは笑った。それをデムーランのほうでも、はしたないとか、品位を欠くとか、悪意に取るわけではなかった。ただ笑いすぎだとは思った。これだけ極端なはしゃぎ方には、陰鬱《いんうつ》な反動が来るのではないかと、そこだけが心配だった。

「いや、実に楽しいひとときでした」

レベッキの握手は手が痛いくらいだった。いや、デムーランさん、パリにも斯様《かよう》に陽気な御宅《おたく》があったこと、嬉《うれ》しくてなりません。ええ、やはり同胞だ。ええ、ええ、ともにフランスを守《も》り立てるべき祖国の子供同士として、ひとつ今後とも懇意に願いたいものですな。

「マルセイユの皆さんとは、それは、もう、こちらこそ」

下手《へた》な笑顔と我ながらに思いながら、それでも工面の愛想で応えて、デムーランは客人を送り出した。午後十一時四十五分、フランスらしい宵っ張りの食事会も、ようやく御開きを迎えていた。

ふうと大きな溜《た》め息をひとつ、玄関から引き返してみると、まだリュシルは笑っていた。なにがそんなにおかしいのか、依然としてわからなかったが、余りものの葡萄酒《ぶどうしゅ》を舐《な》めながら、苦しそうに腹を抱えるまでになっていた。

「だって、だってね、カミーユ。あの人たちときたら、本当におかしいんだもの」

「なにがおかしかったんだい」

「ミラボーさんの話よ。ミラボーさんもマルセイユの方なんですってね」

「そういうわけじゃないが、まあ、マルセイユとも縁が深かったようだね」

「とにかく、ね、カミーユ、地元だからわかるんだって話してくれたことにはね、ミラボーさんときたら、若いときに人妻と駆け落ちしたことがあって、その人妻の一族が土地に聞こえた名士の家柄で、その名誉に泥を塗られたからと銃を撃ちかけただなんて、それを背中に人妻の手を引きながら、ほうほうの体《てい》でパリに逃げてきたのがミラボーさんの上京だったんだなんて、とんでもない作り話を平気でするのよ」

それは作り話じゃなくて、ミラボーならではの事実だよ。そうは心に続けながら、デムーランは言葉には出すことなく、上辺は無難に相槌《あいづち》を打つばかりだった。

どんな言葉を足しても、今のリュシルは笑うばかりだったろうし、いざ笑われたからと、こちらにはつきあう余裕がなかったからだ。

そろそろだと、落ち着かない気分になっていた。そろそろ十二時を回る。そろそろリュシルの陽気を鎮めて、次なる行動に移らないといけない。

案の定で、教会の鐘の音が聞こえてきた。この近さはコルドリエ教会の鐘で間違いなかった。それも深夜には非常識な鳴らされ方で、明らかに警鐘である。

「あら、誰の悪戯《いたずら》かしら」

もしかしたら、マルセイユの方たち。そうやって、またリュシルは笑い声を弾ませた。陽気な勘違いは僥倖《ぎょうこう》として、いよいよデムーランは心引き締まる思いだった。

「ダントンが合図を出した」

そう呟《つぶや》くほどに、どきっ、どきっと高くなる心臓の音を意識しながら、デムーランは自分に言い聞かせようとした。うろたえるな、カミーユ。なにも驚くような話じゃない。予定通りの決行というだけだ。全て順調に運んでいるという証拠なのだ。

「だから、ダントンの家に行こう」

と、デムーランは妻を誘った。その様子だと、まだまだ寝つかれないだろう。だから、散歩がてらダントンの家に行ってみないか。

「あそこなら、まだ起きているかもしれないから」

ああ、ほら、オラースも目を覚ましたことだし。どうせ、あやさなくちゃならないことだし。なにげない風を装いながら、それまた事前に打ち合わせた行動だった。

13——ダントンの家

下りてみた通りは、なんだか妙に明るかった。明るいものなのだと、デムーランは思い出した。

あちらこちらに火が焚《た》かれて、あの一七八九年七月も明るかった。最初が放火で、次が見回りに出た民兵隊の篝火《かがりび》だったが、あの夏の夜も朝まで明るかったのだ。

今は警鐘に起き出した人々が、とりあえずはと灯《とも》した灯火が専らだった。大半が松明《たいまつ》かりだ。松明《たいまつ》の炎が乱舞するため、ただ通りを歩いていても頬《ほお》が火傷《やけど》しそうになると、そういうような不愉快はない。

時刻にしては、往来の人出も多かった。これまた警鐘に誘われて、なにごとかと確かめに来た口が大半だったが、なかにはコルドリエ・クラブでみた顔があり、あるいは国民衛兵隊の軍服ありと、ある程度までは事情を知る輩《やから》も混じっていないではなかった。

「なんだか、お祭りみたいだわね」

八月十日って、なにかのお祭りだったかしら。ねえ、オラース、あなた、なにか聞いていない。そうやって、まだ言葉も知らない赤子を困らせながら、リュシルはあくまで笑い続けた。ダントンの家に到着し、アパルトマンの扉を叩《たた》いたときも、息が苦しそうになりながら笑っていた。

「おお、カミーユか」

迎えたダントンは、いつにも増して大きくみえた。普段からの巨漢が、いよいよ巨人であるかに感じられたほどだった。

牛に踏まれたと逸話がある、横に大きい顔からして、決意に満ち満ちていた。蜂起《ほうき》を決断して、合図を出して、警鐘を鳴らさせて、仲間を走らせて、もう後戻りできないのだと、肝に銘じたということだろう。

八月八日の議会で、ラ・ファイエット訴追案が否決された。その前線離脱を告発するべく再び試みられていたものだが、これが退けられたことが最後の一線となった。

やる気まんまんのダントンのこと、その日の夜に仲間を集結させると、九日から準備にかかり、日付が十日に変わり次第に行動を開始すると即決した。「蜂起委員会」が急《きゅう》遽《きょ》召集され、その協議においてもぎりぎり可能と意見が集約されたことで、十日の蜂起は最終的な決定となった。ああ、今こそ、やってやる。

「ならば、女子供は一カ所に集めておいたほうがいい」

と、それも相談したあげくの結論だった。

決行当夜、男たちは全て出払うことになる。それぞれ持ち場は違うが、家に留《とど》まれる者はいない。女子供ばかり残されて、それぞれで留守を守らされるのでは、心細いということがあるだろう。なにかあっても、一緒にいれば助け合える。なにかあったら、一カ所に集めておいたほうが連絡しやすい。

ダントンの家がよかろうという話になり、デムーランが赤子を抱くリュシルを連れてきたのも、それだった。

訪ねた先のアパルトマンには、当然ダントン夫人がいる。アントワネット・ガブリエル・ダントンと、さらに二人の子供がいて、おじいちゃん、おばあちゃんに当たるシャルパンティエ老夫妻まで、欠けずに顔を揃《そろ》えていた。

——一家を挙げて、男の決断を後押しする。

そうした構えかと思いきや、アントワネット・ガブリエルは泣いていた。夫の様子から全てを察してしまったらしい。ならば男が雄々しく戦えるようにと、覚悟を決めて送り出すというのでなく、ダントン夫人ときたら、おいおい声を上げながら、まさしく悲嘆に暮れる体《てい》なのである。

——だから、女子供は一緒に置いておくべきなのだ。

強心臓の厚顔で知られるダントンながら、このままでは動くに動けないだろう。今こそと、デムーランは自分の妻に期待した。腕に小さな息子を抱いてきたならば、なおのこと期待は大きい。

泣きながらのアントワネット・ガブリエルもまた、腕に赤子を揺らしていた。子供たちのうち、「小《プチ》ダントン」と呼ばれる男児フランソワ・ジョルジュは、こちらの息子オラースより五カ月だけ早く生まれたにすぎない。

同志はダントンとデムーランだけではなかった。アントワネット・ガブリエルとリュシルも、妻として、母として、境遇が似通う同士だった。

実際のところ、アントワネット・ガブリエルのほうも最近まで田舎にいた。同じく田舎に下がっていたリュシルが、そこを訪ねたりもしている。もちろんデムーランが馬車を御《ぎょ》し、向こうでもダントンが門で迎えて、要するに男たちは監視の厳しいパリを逃れながら、蜂起の計画を詰めていたわけなのだが、そのついでという以上に妻同士も気心が知れているのだ。

そもそもパリでのつきあいも、もう長い。あげくに共通の話題までできた。アントワネット・ガブリエルとリュシル、女二人で子育ての悩みでも口説いていてもらえれば、ありがたい。こんなときに話に夢中になるとまではいかなくても、いくらか気が紛れるなら、もう十分なのだ。

——しかし、だ。

陽気な酒が回るリュシルは、まだ笑いが止まらなかった。ダントンの家に来ても、ちょっとしたことを取り上げては、ころころと笑い声を響かせた。

「リュシルったら、よく笑っていられるものだわ」

癇《かん》にさわったらしく、アントワネット・ガブリエルは涙に汚れた顔を上げた。かねて気心が知れているというならば、ちょっとした喧嘩《けんか》なら遠慮しない仲でもある。表情に怒りの色も浮かんでいたが、あてられてか、リュシルのほうも刹那《せつな》ハッとした顔になった。

「あら、もしかしたら、これ、たくさん泣くことになる前触れかもしれないわ」

デムーランは、どきっとした。どういうつもりでいったのか、妻の真意は測れなかった。いや、測る以前にリュシルのことだ、どうというつもりもない思いつき、ただポンと頭に浮かんだだけなのだろうとも、決めつけることができた。

――それだけに不吉だ。

リュシルがたくさん泣くとすれば、いうまでもなく夫に不幸が起こるからである。とすると、この蜂起で僕は死ぬのか。死なないまでも、ひどい怪我《けが》を負うのか。あるいは当局に逮捕され、罪人として処罰される運命か。いずれにせよ、オラースは父親に恵まれない子供になるのか。数々の臆病《おくびょう》に捕われかけて、デムーランはぶんぶん自分の頭を振った。

――それでも降りるわけにはいかない。

もうダントンは裏切れない。今回の蜂起は戦わなければならない。闘志を新たにするほどに、デムーランは舌打ちを禁じえない気分だった。

「フレロン夫人とロベール夫人は」

デムーランは小声で確かめた。ダントンは顰《しか》めっ面《つら》である。

「あいつら、まだ連れてきやがらねえ」

「うちからは出たよ。フレロンも、ロベールも、なにグズグズしてるんだろう」

「ったく、待つしかねえっていうのかよ」

ダントンまで舌打ちだった。

アントワネット・ガブリエルが泣き虫で、リュシルが笑い上戸であるならば、なおのことフレロン夫人、ロベール夫人と会わせたかった。大勢なら、なにか女たちが夢中になれるような話題も簡単にみつかって、お喋《しゃべ》りに興じられるのではないか、二人では弾まない会話も四人ならなんとかなるのではないかと、それが男たちの考え方だったのだ。

――このままじゃあ、僕にしたって動きにくい。

デムーランが頭を抱えるのはダントンの逆で、自分はリュシルに何も話していないからだった。あけっぴろげに進めるどころか、妻には気づかれないよう、気づかれないよう、それこそ細心の注意を払ったほどだ。

七月以来の、おおまかな計画の段階でなら、隠すにも苦労するではなかった。ダントンと会うといって、またカフェ・プロコープで騒ぐのだろうと、それくらいにしか思われなかったことだろうし、でなくともリュシルは息子と一緒に田舎に下がっていたのだ。最終的に日時を定めて、ほんの一日、二日で決行という運びであれば、パリに呼び戻してからも隠して隠せないわけではない。が、実際に話を伏せてみると、それはそれ、なんだかリュシルを騙《だま》しているようで、自分が姑息《こそく》な真似《まね》をしているようで、気が咎《とが》めないわけではなかった。

デムーランにすれば、この二日は隠すというより、打ち明けよう、打ち明けようと思いつつ、なかなか果たせないままにすぎた二日でもあった。

――しかし、このままでは……。

さすがのリュシルも気づくだろう。女だてらの見通しながらも、アントワネット・ガブリエルに聞かされてしまえば、もう笑ってなんかいられなくなるだろう。

「いや、カミーユ、とっくに零時をすぎてんだ。やっぱり待ってなんかいられねえ」

そうダントンに続けられたからには、フレロン夫人、ロベール夫人に期待するわけにはいかない。話が余所《よそ》に流れる期待も持てないまま、もう出発しなければならない。

「………」

デムーランは閃《ひらめ》いた。我ながら器用というか、小手先の思いつきだけには困らないものだった。

「連れ出してあげて」

そう妻の耳元に囁《ささや》けば、その場を誤魔化《ごまか》すことくらいはできそうだった。ああ、リュシル、なにかわからないけれど、アントワネット・ガブリエルは気落ちしてるみたいだね。だから、励ましてやってほしいんだ。ほら、幸いにして今夜は界隈《かいわい》が明るいし、いつもより人出も多かったじゃないか。うん、本当に祭りがあるのかもしれないね。

「あちこち見て回るうち、アントワネット・ガブリエルの気も晴れるんじゃないかなあ。うん、シャルパンティエ夫人も誘って、表通りまで、ひとつ散歩に繰り出してみたらどうだろうか」

勧めに従い、女たちはアパルトマンを後にした。まだカフェが開いていたら、三人で珈琲《コーヒー》を啜《すす》るともいっていた。

束の間《つかま》でもいなくなってくれれば、ようやく男たちにも好機到来である。

「それじゃあ、義父《とう》さん、いってきますわ」

唾《つば》をつけた指先で、ちょいちょい髪《かつら》の乱れを整えてから、ダントンはシャルパンティエ氏に大きな手を振ってみせた。老人のほうは、すっかり白髪で背中も丸くなっていながら、こちらは微塵の迷いもない大きな頷《うなず》き方だった。ああ、ジョルジュ・ジャック、わしとて男だから、わかる。

「思い切り暴れてこい。娘のことも、孫たちのことも、心配するな。みんなまとめて、わしが面倒みてやるわい」

メルシィ・ボクーとだけ残して、ダントンは動き出した。雄々しく動き出すことこそ、なにより雄弁な返礼となるはずだった。だから、カミーユ、さあ、行こう。ったく、女ってなあ、あれだから閉口する。いや、さっきは本当に助けられたぜ。

14――パリ市政庁

警鐘は大きくなるばかりだった。坂道を下り、パリを南北に貫けば、音の輪がどんどん広がっていることがわかった。

パリは教会の都でもある。人口が増えるほどに、信徒を治める教会の数も増えて、今や数分歩けば屋根に十字架、また歩けばまた別な十字架といった体《てい》で建つ。

その全てで、鐘楼が忙《せわ》しなく鳴っていた。最初コルドリエ教会で鳴らされたものが、まずは左岸全域に伝播《でんぱ》し、それからシテ島に上陸、いよいよ右岸の諸教会に伝染させて、もはや分厚い音の波は前後左右から襲い来る体なのだ。

それを払いのけるような気分で、大きく腕を振り出しながら、ダントンとデムーランの二人は、ずんずん歩を進めていった。

向かう先も決まっていた。

――パリ市政庁だ。

セーヌ河の夜の水面《みなも》に、ときならぬ赤色が揺れていた。篝火《かがりび》が焚《た》かれて、また河岸のグレーヴ広場も明るかった。いざ到着してみると、黒山の人だかりができてもいた。

これという目的も持たず、ただなんとなくではない。警鐘が聞こえたから、とりあえず集まったわけではない。なかには不安に駆られて足を運んだ輩《やから》もいたろうが、あらかじめの打ち合わせに則して行動した面々が、実は少なくなかったのだ。

それが証拠に市政庁の玄関に着くを待たず、いたるところ怒声の口論だらけだった。不安で動いた人々と、自覚で動いた人々は、反《そ》りの合わない二派でもあったというわけだ。

「へへ、やってやがる、やってやがる」

ずんずん歩を進めながら、ダントンは満足そうに呟《つぶや》いた。大きく頷《うなず》きながら、デムーランも受けた。

「来てくれたんだな、街区《セクシオン》の代表委員たちは」

「当たり前だ。まあ、お呼びでない奴《やっ》らも、勝手に現れたようだがな」

「市議会の議員から、市政庁の吏員《りいん》から、そりゃあ集まらないわけにはいかないだろう。自分たちの牙城《がじょう》が奪われるかもしれないんだからね。いや、僕としては、街区の代表委員たちが入庁を許されたこと自体、けっこうな驚きだよ」

パリの末端、街区の活動は続いていた。八月九日も日中には、シテ島孤児院の大広間を借りて、街区総会まで開かれた。

同会の決議はふたつ、ひとつが国王は廃位されるべきこと、もうひとつが王政の廃止を訴える運動のために街区ごと三人の代表委員が選ばれ、委員はパリ市政庁に出頭するべきことだった。

とはいえ、街区総会の参加者は大方がサン・キュロットと呼ばれる庶民であり、ブルジョワは少数派にすぎなかった。

好んで参加するはずがない。参加する必要もない。自らの意思を市政に反映させるため、すでに自らの代弁者を市議会に送りこんでいるからだ。街区総会などという、これまで聞いたこともないような組織に肩入れして、サン・キュロットと一緒に代表委員など選出する理由はないのだ。

「お偉いさんたち、昼間は余裕を気取りながら、それでも神経ばかりは尖《とが》らせてたみたいだったろう。こうして警鐘なんか鳴れば、慌てて登庁したりもする。それなら番兵に命じて、街区の代表委員なんか、追い返そうとするかと思ったんだがなあ」

「そこは俺さまの腕前よ」

いいながら、ダントンは自分の太い腕を誇示した。もちろん自慢は腕力でなく、政治の手腕のほうなわけで、デムーランにも意味はわかった。

「パリ市第二助役の権限というわけか」

「ああ、街区の中央連絡事務所が、すでに市政庁の一室を占めてるからな。事務所に呼ばれたんだといえば、門番も断りようがないわけさ」

それは七月二十七日の話だった。二十六日に計画していた蜂起《ほうき》を延期にするかわりと、パリ市長ペティオンに呑《の》ませた条件が、翌日における中央連絡事務所の設置だった。デムーランは答えた。あの布石は確かに効いているね。ああ、理屈は通る相手だから、押しかけられても文句はいってこないだろう。

「不愉快な占拠が中央連絡事務所で済んでいる分にはね」

「だから、カミーユ、急ごうや」

建物のなかに進むほど、振りかえる顔が続いた。

掻《か》き分けなければ進めないほど、廊下は人だらけの混み合いで、しかも赤帽子《ボネ・ルージュ》が目についた。これに吊《つ》りズボンを合わせるのが、サン・キュロットらしい格好であるともいわれていた。らしい、らしくないは別として、他の服装など埋没させる勢いばかりは感じられた。それでも見落とされることはなかったのだ。

「おお、ダントン」

「ああ、ダントン、遅かったじゃないか」

「みんな待ってるぞ、ダントン」

何度も声が上がって、やはり今夜の巨漢は大きくみえるらしかった。いや、僕だって颯爽《さっそう》たるものなのかもしれないぞ。

「おお、デムーランじゃないか」

「ああ、蜂起の名物男だ。パリの英雄が帰ってきたぞ」

そう声をかけられれば、いくらか照れ臭くないではなかった。帰ってきたと喜ばれるほど、これまでの不甲斐《ふがい》なさが痛感されて、デムーランとしてはときに所在もない気分だった。が、それだからと、今さら隠れるわけにはいかないのだ。

気がつけば、全身に汗が噴き出していた。暑い。夏も盛りだからだ。石造りの建物に進めば、もう涼やかな夜風も吹き抜けない。そんな場所に、これだけ沢山の人間が詰めこまれているのだから、当然ながら暑い。

――いや、熱《あつ》い。

デムーランは肝に銘じた。もう蜂起は始まっている。後戻りなどできない。

「ええ、みんな来てます。やはり来てくれました」

「十一時をすぎた頃には、パリ中の街区から続々とやってきて」

「集合の代表委員は、今の時点で八十二人に上ってます」

騒がしいので、善意の報告も自《おの》ずと怒鳴り声になる。うわんうわんと耳朶《じだ》のうちに反響を残しながら、なおデムーランは親友の大きな背中を追いかけた。その大きな手で掻き分け、あるいは大きな顔で自ずと道を開けさせながら、ダントンが進んだ先は高天井に描かれた絵が印象的な広間だった。

市政庁の一角を占める、そこがパリ市議会だった。高天井に撥《は》ね返されて、今度も音はうわんうわんと反響した。フランス語の発音も茫洋《ぼうよう》として、容易に言葉として聞こえないながら、それでも二手に分かれて、論を戦わせていることはわかった。

もはや饐《す》えたような異臭まで充満させて、市議会場には全部で三百人も詰めていたろうか。代表委員の数が八十二人と挙げられていれば、それを倍したくらいの数、おおよそ百五十人から二百人がサン・キュロット、残りの百人から百五十人がブルジョワというところだろうか。

ブルジョワのなかには、市議会議員も多く混じると思われた。こんな夜中に、ほつれなく鬘《かつら》を整えてきた紳士も何人か見受けられたが、その割に品格というようなものは感じられなかった。さかんに行われていた論戦も、唾《つば》を吐き、丸めた紙片で相手を叩《たた》き、あるいは椅子《いす》まで放り投げる、はっきりいえば乱闘寸前の怒鳴り合いだった。

「だから、出ていけ。ここは、おまえたちが入れる場所ではないぞ」

「あんたらこそ、関係ないだろ。議員先生が、こんな夜中に登場してくるなってば」

「おまえたち不逞《ふてい》の輩に、どんな出鱈目《でたらめ》を働かれるかと気が気でないから、こんな夜中に来たくもないものを、無理をして来ておるのだ」

「不逞の輩だと。出鱈目だと。おいおい、いくら議員さんでも、少しは言葉に気をつけな。おいら、これでもポパンクール街の代表委員だぜ。街区を代表してきてんだぜ」

「はん、街区総会など合法的な組織ではあるまい。その決議に基づいた代表委員とて、正式な資格を認められるはずがない」

「なんだと。それなら、どうして街区の中央連絡事務所が市政庁にあるんだよ。俺たちの活動が正式なものだっていう、なによりの証拠じゃねえか」

「あれはダントンの奴が勝手に置いただけだ」

「誰が勝手をしたんだって」

わざとらしく確かめると、いよいよダントンは渦中に進んだ。のっそりと巨体が動けば、さああと左右に動きながら、市議会の人垣も自ずと割れた。

代表委員はじめサン・キュロットたちの目には、海を分けた道を進むモーゼにみえたに違いない。が、その同じダントンが市議会議員はじめブルジョワたちの目には、恐ろしげな鼻息ひとつで周囲を睥睨《へいげい》する怪物、ミノタウロスに他ならなかったろう。

サン・キュロットは期待感から、ブルジョワは警戒感からでありながら、しんとして静まりかえるのは、双方ともに同じだった。その静寂のなかに、ダントンは最初に惚《とぼ》けた言葉を投げた。

「いや、これで俺さまだって、パリ市の第二助役だぜ。天下の公職に就いてるっていうのに、その真面目《まじめ》な仕事を勝手と片づけられたんじゃあ、たまらねえな」

反論は容易に起《た》ちあがらなかった。理屈は通っているからだ。が、デムーランは首を傾《かし》げた。というより、意識の持ちように、ずれを感じた。だって、この期《ご》に及んでは理屈など関係あるまい。

——皆が命がけなのだ。

己の存在理由をかけているといってもよい。ここで負ければ、もう後がないからだ。いくら正しくても、このフランスにいるかぎり、もう泣いて暮らすしかなくなるのだ。

そう言葉を胸中に並べながら、ふとデムーランは考えた。今ここにいる人間の全体どれほどが、懐に得物《えもの》を忍ばせているだろうかと。

15——蜂起

さすがに銃の類《たぐい》はなさそうだった。が、拳銃《けんじゅう》ならわからない。最新式なら相当小さい。

刃物や金棒の類なら、あるいは大半の人間が腰に差しているかもしれない。ざっと一《いち》瞥《べつ》したところでは、サン・キュロットの列に棒きれを振りかざす者が何人か認められるだけで、これと特筆できるような剣呑《けんのん》な景色はなかった。

「百歩譲って正式なものだとしよう」

ブルジョワの列から声が上がった。やはり容易に折れるわけにはいかないらしい。まだ若く、恐らくは自分たちと同じ、三十代も半ばに届かないと思《おぼ》しき紳士だった。

中肉中背で、特に体力に自信があるようにはみえない。とすれば、ダントンの圧力に怖気《おじけ》づくことなく、なかなか勇気ある男である。いや、ダントン氏も正式な公人なら、まさか暴力は振るうまいな。あくまで言論で戦ってくれるな。きちんとした理屈なら、こちらも認めないではないのだ。

「ああ、ダントン氏の地位も認めれば、街区の中央連絡事務所も認める。が、それならば、諸君らは中央連絡事務所に行くべきだ。この市議会は我々のものなのだから」

「なるほど、道理だ」

と、ダントンは受けた。さすが市議会の先生は、いうことが違うね。

「それとして、パリのためを考えるのが、あんたがたの本分だろう」

「いかにも」

「それなら、俺たちの悩みにも耳を傾けてくれねえか」

「なんだね、その悩みとは」

「いや、簡単にいうと、窮屈で仕方ないって話さ。街区の代表委員も八十人を超えちまって、中央連絡事務所の部屋じゃあ手狭になっちまって、なっ、だからさ」

「なにが、なっ、だから、なんだね」

「だから、市議会のほうを譲りわたしちゃくれないかと」

「どうして、譲りわたさなくてはならない」

「それを答えてほしいかい」

ダントンの声が凄《すご》むように低くなった。と同時に、ずいと押し出された腕が、毒牙を打ちこむ蛇さながらの動きで伸びた。

いうまでもなく、クラヴァットごと捕えたのは市議会議員の襟首だった。

ざわと空気に濁りが生じた。ブルジョワの列から、ようやく加勢の声が上がった。やめろ、ダントン君、やめたまえ。

「おふざけも度がすぎるぞ」

「まさか本当に暴力を振るうつもりではないだろうな」

「暴力は不法だぞ。どれだけの理屈を捏《こ》ねても、それが合法の正義にはならないぞ」

ふむというような顔で、ダントンは自分の拳《こぶし》と市議会議員の顔面を、交互に見比べていた。ふむ、そういわれちまうと、確かに殴りにくくなったな。

どうせ最後は殴るんだろうなと思いながら、デムーランはかわりに答えてやった。

「不法なのは、これが革命だからです」

どよと別な空気が動いた。ええ、合法な革命などありえない。一七八九年七月十四日、かのバスティーユ襲撃にしてみたところで、ときの政府にいわせれば違法行為そのものだったのです。ええ、不法であることは仕方がない。その暴力が悪《あ》しき法で飾られた、不条理な社会を正す鉄槌《てっつい》であるならば、むしろ不法でなければならない。

「そろそろ直視してほしい。これは革命なのです。これこそは革命なのです」

「へへ、さすがカミーユ、いいこというねえ」

ダントンが後を続けた。もっと簡単にいっちまうと、俺たちは蜂起《ほうき》したんだ。いったん蜂起が始まれば、もう違法も合法もあるもんか。

「あるのは両雄並び立たずの不文律だけさ」

斜め上に走り抜ける、ただ拳の残像だけが、ぶんと唸《うな》り声を上げた。皆が理解できたのは、四肢を躍らせ、ふわと宙を舞いながら、その直後に議員の身体《からだ》が、どさと床に落下した事実だけだった。

ダントンは続けた。

「つまりは勝者と敗者の別だけだ」

あああ、と歓声が上がった。あああ、あああ、俺たちは蜂起した。あああ、あああ、もう許しちゃおかねえ。あああ、あああ、不正義には力ずくだ。

髪まで逆立て、総身を躍動させながら、動き出したサン・キュロットは、なんたることか、皆が皆で手に手に得物を翳《かざ》していた。

なるほど、皆が長ズボンだった。庶民は裾《すそ》に長物を隠せるのだ。棍棒《こんぼう》やら、火掻《ひか》き棒やら、木槌《きづち》やら、釘抜《くぎぬ》きやら、やはり武器を隠しもって、そのときが来るのを持ちかまえていたのだ。

あげくがパンと、どこからか乾いた銃声まで上がった。

「パリ諸街区の代表委員はパリ市政庁の議場を占拠する」

大変な騒ぎのなかでも、ダントンの声は通る。どんな怒声もダントンを邪魔しようとは思わないからだ。他方のブルジョワたちも静かだった。本当に丸腰なのだ。なにも持たずに、のこのこと現れて、本当に理屈だけで戦える気でいたのだろうか。

「これよりパリ市議会を実力で排除する」

怒号と悲鳴が交錯していた。ただ脅し、ただ怯えるというのではない。ぼくっ、ばくっと鈍い音が連続して、殴る蹴《け》るの実力行使が確実に進行していることを知らせていた。

「パリ市政庁は我々が掌握した。当局を追い出して、これからは我々が市政を運営する」

「ならば、名前を改めよう。ならば、名前を改めよう」

デムーランも黙っていられなかった。ああ、名ばかりは革命を称しながら、アンシャン・レジームよろしく堕落した連中の轍《てつ》だけは踏むまい。不法の行動を起こしてまで、正義を貫かんとした今日の初心を忘れまい。

「その意味で、我々は蜂起の自治委員会《コミューン》を名乗ろうじゃないか」

「おお、おお、蜂起の自治委員会だ」

「これまでの自治団《コミューン》にとってかわるってわけだな」

「ああ、いいねえ、蜂起の自治委員会を宣言しよう」

異議はないようだった。となれば、ダントンの言葉は次なる段階に進むはずだ。ああ、これでパリは俺たちのものになった。

「てことは、どうなる」

「わからねえ」

「馬鹿、もう俺たちを取り締まる当局はねえんだよ」

拍手喝采《はくしゅかっさい》、誰が持ちこんだか太鼓や喇叭《らっぱ》も動員して、やんややんやと囃《はや》したてる。てことは、どうなる。蜂起を取り締まる官憲がいねえってことはどうなる。

「いいから、ダントン、早いとこ命令してくれ」

「よっしゃ。てめえら、みんな、銃を取れ」

応《こた》えた皆の歓声が、すでにして暴力だった。竜巻のように立ち昇れば、高天井に衝突し、撥《は》ね返されては再び地上に襲い来る。

デムーランは本当に耳を押さえた。それでもダントンの声だけは聞こえるから、不思議だった。行け、行け、武器は市政庁の地下だ。急げ、急げ、銃を担いで、持てるだけの弾を持ったら、いよいよテュイルリに乗りこむぜ。

「パリは取った。次はフランスを取る番だ。でもって、準備はどうなんだい」

答えるかわりに、皆は一斉に駆け出した。再びのグレーヴ広場は塵《ごみ》が散乱するような印象で、こちらでも一乱闘終えた様子だった。が、その割には整然として、すでに人々は隊伍《たいご》を形づくっていた。先頭にいて、松明《たいまつ》を翳《かざ》していたのが、かのバスティーユの英雄のひとりにして、こたびの「蜂起委員会」の筆頭格でもある実力者だった。

「任せたまえ、ダントン君」

と、サンテールは答えた。ああ、フォーブール・サン・タントワーヌ街の連中は、今宵《こよい》も大いに逸《はや》っているぞ。今や遅しと、もう痺れを切らしているぞ。

六月二十日と同様に、それが蜂起の主力だった。そもそもが場末の界隈《かいわい》であり、すさんだ気分もあいまって、人々は普段から喧嘩《けんか》っ早《ぱや》い。昨今の食糧問題が最も深刻な人々でもある。きっと暴れてくれるだろう。今日こそは暴れてくれるだろう。

それでも数だけみれば千人、どう多めに勘定しても二千人に留《とど》まる。

――これだけでは不安だ。

六月二十日は失敗しているからだ。今回以上の人数を動員して、途中で失速を余儀なくされてしまっているのだ。

かてて加えて、今回のテュイルリ宮には警護の兵団が構えていた。前線から呼び寄せられた現役のスイス人傭兵部隊で、武器の扱いにも習熟している。常識で考えれば、形ばかり銃を手にしたからといって、こちらのサン・キュロットが太刀《たち》打ちできる相手ではない。

だからと、ダントンは「蜂起委員会」も、また別な面々に言葉を続けた。

「アレクシス・アレクサンドル、カラ、ショーメット、おまえらは」

「ああ、いつでもコルドリエ街へ戻れる」

それが連中の返事だった。デムーランも遅れなかった。

「ああ、マルセイユの連盟兵は上機嫌さ」

そう請け合えば、脇《わき》からはカラも付け足す。ブレストの連盟兵だって、やる気まんまんだぜ。もっとも、あれだけ飲み食いさせたんだから、働いてもらわなくちゃ困るがな。

ブレスト連盟兵は三百人で、パリ到着は七月二十五日。マルセイユ連盟兵は五百人で、こちらは到着が七月三十日。いずれも全国連盟祭から大きく遅れたがために、ロベスピエールが主導した連盟兵中央委員会には所属していなかった。

——だから、起《た》てる。

なんの約束にも縛られない。かっかと心が燃え立つまま、蜂起に参加することができる。思いに突き上げられるまま、デムーランは大きく叫んだ。ああ、あいつらが戦わないはずがない。なんとなれば、ブレストはブルターニュの都市なんだ。国民議会を最初に牽引《けんいん》した、あの「ブルトン・クラブ」のブルターニュだ。

「そして、マルセイユはプロヴァンスの都市だろう。かの大ミラボーを送り出したところじゃないか」

怒号とも歓声ともつかない叫びは、グレーヴ広場まで席捲《せっけん》した。太鼓も鳴る。喇叭も吹かれる。得物は高く突き上げられ、松明までが振り回される。気をつけなければ、怪我をしそうだ。飛び散る火の粉で、火傷しないともかぎらない。だから、行くぞ。さあ、行くぞ。兵隊を呼びに行くんだ。決戦の場に急ぐんだ。

人々は動き出した。デムーランもまた銃を担ぐと、一緒に駆け出そうとした。

それを止めたのが、ダントンだった。てえのも、カミーユ、おまえは本部にいるはずじゃねえか。この市政庁で全体の指揮を執るはずじゃねえか。

「いや、本部の指揮官はダントン、君ひとりで十分さ」

「しかし、だ、カミーユ」

「とにかく、コルドリエ街には行かなくちゃ。マルセイユの連中は僕が歓待したわけだし、僕がいないじゃ話にならないかもしれない」

それに片づけなければならない用事もあるしね。そう親友に断りながら、デムーランは市政庁を後にした。

16——妻

出たときと変わらず、コルドリエ街は明るかった。

往来の人出も少なくない。軍服を着て、銃を担ぎ、パタパタと軍刀を腿《もも》に躍らせるような連中とて、道路という道路に溢《あふ》れる体《てい》である。

あちらこちらに酒瓶は転がっていたが、ただ繰り出して、陽気に騒いでいただけではない。隊旗が上がる。銃が何度も振りかざされる。矛槍《ほこやり》を握る手には力が余るのか、花が咲いたような形の穂先が忙しなく上下する。

兵士たちは怒りの相も露《あらわ》に、むしろ行動に飢えていた。煽動《せんどう》演説かなにかでけしかけるまでもなく、コルドリエ街は自分で温度を上げていたのだ。

「おいおい、どうするんだ。俺たちは、なにをすればいいんだ」

「ただ飯、ただ酒は後味が悪いや。そろそろ働かせてくれや」

「誰かいないか。指図する人間はいないのか」

「おおさ、パリが先達《せんだつ》してくれないと、俺たちだって動くに動けないぜ」

連盟兵の出身地は、ブレスト、マルセイユともに港町である。送り出された男たちは威勢がよく、多分にせっかちでもあった。もう勝手に行進しようかというくらいに士気が高くなっていて、そこにアレクシス・アレクサンドル、カラ、ショーメットと蜂起《ほうき》の指揮官が現れたものだから、教会の警鐘と、出鱈目《でたらめ》な太鼓の音と、止《と》めが張り上げられる鬨《とき》の声で、またぞろ耳が痛いくらいになった。

それをデムーランは少し遠い音として聞いた。

勘弁してくれというわけではない。コルドリエ街に戻ったところで、「蜂起委員会」の面々と別れて、ひとりダントンのアパルトマンに上がったからだ。

「ああ、まだ起きていたかい」

寝られるわけがないかとは思いながら、とりあえずデムーランは受け止めた。戻れば、リュシルが飛んでくるのはわかっていた。

実際、リュシルは組みつくような勢いのまま、コルドリエ街の出来事を無理にも聞かせないではおかなかった。ええ、カミーユ、大変だったの。アントワネット・ガブリエルと、シャルパンティエ夫人と出かけて、カフェで珈琲《コーヒー》を飲んだのよ。テラス席を取ったんだけど、もう悪戯《いたずら》とか、お祝いとか、そんな感じじゃなかったわ。国民万歳とか、祖国万歳とか叫びながら、沢山の人たちが走りまわって。わたし、怖くなったから、帰りましょうっていったのよ。アントワネット・ガブリエルも最初は臆病《おくびょう》ねなんて、わたしのことを馬鹿にしてたけど、そのうち自分も怖くなったんだと思うわ。また警鐘が鳴るかもしれないからって、結局帰ることになって、来た道を引き返してみたら、国民衛兵隊が行進していて。あちこち走りまわっていた人たちまで、今度は武器を持ち出していて……。

「ああ、カミーユ、あなたまで、どうして銃を担いでるの」

そうやって金切り声は上げるものの、もうリュシルとて事情は察しているはずだった。アントワネット・ガブリエルの話も聞いたろうし、ダントンのアパルトマンにはフレロンも来ていた。のみか、シャルパンティエ氏を相手に放言している始末だ。

「もう生きるのに飽きてしまいましたよ。死んだら、さぞ気分がすっきりするでしょうね」

いっそう始末が悪いのが、ロベール夫人だった。まだ泣き続けているダントン夫人を捕まえると、自分はそれでは済まないのだといわんばかりに、いっそう大きな声で号泣してみせる。あげくに責める口ぶりなのだ。

「亭主が死ぬようなことがあったら、わたし、もう生きていけないわ。けど、わかってるの、今度のことは全部ダントンのせいなのよ。本当にあのひとが死んだら、いいこと、アントワネット・ガブリエル、わたし、あんたの旦那《だんな》を刺してやるわよ」

ロベールはいなかった。が、自分の細君がこんな愁嘆場を演じるところをみたら、どんな気持ちがしたろうか。デムーランは祈らないではいられなかった。ああ、リュシルにだけは、こんな風にうろたえてほしくないな。

「だから、カミーユ、あなたにだけは、こんな騒ぎに関《かか》わってほしくないのよ」

リュシルは続けていた。目を戻して、デムーランはハッとした。双眼ともに吊《つ》り上げ、また唇を尖《とが》らせながら、そうした妻の表情は覚えがないほど醜かった。こんな女と結婚してしまったなんてと、直後に悔いの言葉が浮かんだほどの衝撃だった。

「えっ、なに」

「だから、どうして銃なんか担いでいるのって、そう聞いているの」

「いや、ああ、そうか」

答えがわかりきった問いを、あえてする女の嫌らしさも、これまでのリュシルにはみられないものだった。

デムーランは狼狽《ろうばい》を禁じえなかった。こんなことなら、あのまま市庁舎にいればよかった。なんのためにコルドリエ街に戻ってきたのかと、そもそもの理由すら見失いかけた。いや、だから、僕が蜂起に加わるというのじゃなくて、ただマルセイユの連盟兵を連れ出しに……。

「ははは、デムーラン君、結婚を考えているなら、女は笑顔で選んじゃいかんぞ。反対に顰《しか》めっ面《つら》で選ぶのだ。そのブスッとされた顔を、死ぬまで毎日みることになると想像して、それでも我慢できそうなら、そのときは恐れず求婚するがいい」

ふと思い出されたのは、マルセイユといえばの、ミラボーの言葉だった。リュシルと結婚する、少し前にいわれたものだ。

そのときは冗談として流したが、今にして箴言《しんげん》だったかもしれないと、デムーランは苦笑した。目の前の現実となってみれば、そんなリュシルでも、なんとか堪えられそうだったからだ。

少なくとも、離縁したいとは思わなかった。逃げたいとも、別居したいとも思わない。それどころか、このままで添い遂げたいと強く思う。ああ、そうだよ。リュシルだって、いつまでもフワフワしたお嬢さんじゃいられないさ。

——僕だって、フラフラした軟弱男じゃいられない。

デムーランは妻に答えた。我々は蜂起したんだ。銃を担いでいるのは、そのためさ。

「蜂起に参加するっていうの。カミーユ、あなたが……」

「ああ、知っていると思うけれど、首謀者はダントンだからね。僕は親友を見捨てるような真似《まね》はできない」

「そりゃあ、親友は大切でしょうけど、ねえ、カミーユ、あなたには家族もいるんだって、そのことを思い出してほしいのよ」

そうリュシルに続けられれば、再び苦笑に逃れるしかなかった。やはり、同じだ。ダントン夫人に、ロベール夫人に、我が最愛のデムーラン夫人まで、女というのは、こうなのだ。男たちの挑戦など、決して応援してくれないのだ。

——当たり前か。

とも、デムーランは思う。反対されるのは、わかっていた。反対されれば、少なからず気勢が萎《な》える。それでも蜂起を抜けるわけにはいかないのなら、打ち明けるだけ損だ。だから、この土壇場まで隠し続けてきたのだ。

それをデムーランは途中で思い返していた。ああ、やはりリュシルにも、はっきりさせておかなければならない。

——明日死ぬとも知れないならば……。

残さなければならない思いはあった。それを託す相手は妻しかなかった。最善の理解者でないとしても、やはり他にはみつからなかった。だから、いいかい、リュシル、落ち着いて聞いてほしい。

「ダントンがパリ市政庁を占拠した。そのうえで出した指令が、テュイルリ宮に行けというものだ」

17――ラ・マルセイエーズ

妻は返事をしなかった。聞こえなかったとか、意味がわからなかったとかでなく、もう聞きたくなかった、できれば察して、口を噤《つぐ》んでほしかったと責めたのだ。

心が少し臆病に囚《とら》われた。それでもデムーランは続けた。

「サンテールさんが右岸の一群を率いている。この左岸ではアレクシス・アレクサンドルが指揮官だ。カラやショーメットも一緒にいて、マルセイユとブレストの連盟兵も連れて行く」

「えっ、どこに」

「だから、テュイルリ宮にさ」

「それって、まさか」

「そのための武装さ。ああ、戦うんだよ、王のスイス人傭兵を相手に」

そう告げた直後に、デムーランは重いものを抱かされた。こちらの腕のなかに、まさにリュシルは体当たりだった。ぬくもりからは、甘ったるい乳臭さが立ち上った。嫌よ、カミーユ。戦いだなんて、わたしは嫌よ。

「だって、危険なんでしょう。死ぬかもしれないんでしょう。あのシャン・ドゥ・マルスみたいなところに行くなんて、わたし、絶対に賛成できないわ」

腕のなかで、リュシルは震え出してもいた。妻もまた虐殺の現場を体験している。今も記憶を呼び戻せば、悪夢に襲われないではおかないくらいの恐怖が残る。

それを突き放さなければならないのだから、心を決めたデムーランにして、やはり容易な話ではなかった。

「ねえ、リュシル、僕の仕事は理解してくれていたんじゃないのかい」

虚《むな》しいばかりと思いながらも、理屈から始めるしかなかった。それが否定されるためだけの理屈であるとしても、だ。

「もう子供がいるのよ」

引き比べるほど、リュシルの言葉は重かった。ああ、もう子供がいる。それは女にとっては絶対なのだ。それまでの約束も、誓言も、全て翻《ひるがえ》して構わないくらいの絶対なのだ。

その不条理も含めて、否定できないと思う。ああ、女が強くなるというのは、こういうことなのかもしれない。リュシルも醜くなったのではなく、ただ母として強くなっただけかもしれない。

——けれど、男も強くなる。

男には男の強くなり方がある。デムーランは逃げずに続けた。だから、なんだよ、リュシル。

「僕らの子供、オラースはどこに」

「奥の部屋を借りて、もう寝かせたわ」

「そうか。うん、それなら寝かせておくがいい」

「寝顔をみてはくれないの」

「ああ、みない。その前に僕には父親として、やらなければならない使命がある」

「それが蜂起《ほうき》に参加するということ？　戦うということ？」

デムーランは頷《うなず》いた。ああ、そうだ。僕も父親になったからね。もう逃げるわけにはいかないんだ。

「反対でしょ。反対でしょ。もう、なにいってんのよ。父親だったら、自重してくれるのが本当でしょう」

「僕はそうは思わない。いや、僕だって死ににいくつもりはない。けれど、死んでも構わないとは思っている。これはフランスの未来を拓《ひら》く戦いだからね」

「かもしれないけど……」

「僕が血を流すことはないと、そういいたいのかい、リュシル」

妻は返す言葉を選びあぐねたようだった。その間にデムーランは、ゆっくりと首を横に振った。いいや、違う。僕こそ血を流さなければならないんだ。だって、もう父親になったんだからね。

「今ここで戦えば、フランスの明日が手に入るかもしれないのに、ひとり逃げ隠れしているわけにはいかないよ。だって、そのフランスの明日というのは、僕らの息子オラースが生きる世界なわけだからね」

「…………」

「僕ひとりなら、どんな世のなかでも妥協できる。リュシル、君と二人だったら、今に満足することだって、きっと難しくなかったろう。けれど、もう子供がいるんだ。子供というのは、未来なんだよ」

デムーランは、まっすぐに妻の目をみた。ああ、オラースが友と熱く語らう時代、オラースが素敵な女の子と恋をする時代、オラースが結婚して、そのまた子供をもうける時代、その時代が今と同じに不正に満ちていていいはずがないんだ。こんなおかしな世のなかを、そのままにして押しつけるなら、僕は息子に恥ずかしいと思わなければならないんだ。

「子供のことを思うほど、僕は未来に寄せる意志を譲れなくなるんだよ。子供には素晴らしいフランスを残したい。それが父親の、父親にしかできない愛し方だと思うんだよ」

だから、僕に万が一のことがあったら、オラースに伝えてほしい。父さんは、おまえのことを愛していたと。命がけで愛していたと。いいおいて、デムーランは銃を肩に担ぎなおした。

リュシルはなにもいわなかった。泣いていたような気もしたが、ただの一語も言葉は返らず、たぶん話に納得してくれたわけでもなかった。

――それでも僕は前に進む。

アパルトマンを出ると、通りでマルセイユ連盟兵の将校レベッキが待っていた。いや、マルセイユ連盟兵、ブレスト連盟兵、それにフォーブール・サン・マルセル街の有志のサン・キュロットたちまで駆けつけて、全員の集結が完了していた。

「だから、行こうか、パリの英雄」

デムーランさん、聞いたぜ。そんな優男《やさおとこ》みてえな顔して、あんた、パリの英雄なんだってな。そうやって、ばんばん肩を叩《たた》かれてから、またデムーランも言葉を返した。レベッキさん、だったら、なおのこと、パリには負けられないだろう。

「さあ、歌えよ、ラ・マルセイエーズ」

いうが早いか、デムーランから歌い始めた。喉《のど》が痛くなるくらい、あらんかぎりの声を張り上げて、だ。今にも千切れそうになるくらい、大きく腕を振りながら、だ。
「アーロン・ザンファン・ドゥゥ・ラー・パァァトリ、ル・ジュル・ドゥ・グロワール・エターリベ。コントル・ヌ・ドゥー・ラァァ・ティラニィィ、レッタンダール・サングラン・テッレヴェー、レッタンダール・サングラン・テッレヴェー」
怒鳴るような歌声に、ざっざっざっと軍靴《ぐんか》の音が重なった。その踵《かかと》でパリの土を削りながら、蜂起の軍団が行進していく。行進するほど、歌声は大きくなる。
ラ・マルセイエーズ――その野蛮な歌に託されたのは、やはりフランスの未来で間違いないようだった。なんとなれば、最中《さなか》にデムーランが思うのは、すやすやと寝息を立てる息子の、丸くて、とても小さくて、そよ風にも靡《なび》くような細い産毛に、しっとりと汗をかいた頭の撫《な》で心地《ごこち》のことばかりなのだ。ああ、オラース、父さんはやるからな。おまえのために、父さんはやるからな。
「行こう、祖国の子供たち、
栄光の日は来《きた》り、
我らに向けて、暴君の、
血染めの旗が掲げられたぞ、
血染めの旗が掲げられたぞ、
君には聞こえないというのか、

残忍な敵兵どもが野に吠《ほ》えるのが、
どこまでもやってきて、
息子が、妻が、喉《のど》を裂かれてしまうんだぞ、
武器を取れ、市民諸君、
さあ、隊伍《たいご》を組もうじゃないか、
進め、進め、
畑の畝《うね》を潤すに、
敵の汚れた血を流せ」

18――自信

　おやと思いながら、ルイは懐中時計を確かめた。

　――五時三十二分か。

　八月十日、もちろん午前の五時三十二分である。

　前に確かめたときは、午前三時二十三分だった。してみると、おやおや、少しの時間とはいえ、ウトウトしてしまったらしい。

　眠りを誘った安楽椅子《あんらくいす》を離れながら、ルイは意図して苦笑した。いけない、いけない、こんなことではいけない。

　――この私でなければ、どうにもならないのだから。

　警鐘が鳴り響いていた。まだ続いているのかと閉口するのは、鳴らされ始めが真夜中だったからである。

　耳障りな音については、そのときも神経を尖《とが》らせずにはいられなかった。せっかく寝ついたものを起こされると、実際ルイは三時すぎまで寝られなかった。

寝るべきでない状況ではあり、眠気を覚ましてくれる意味では喧《やかま》しさも重宝した。が、それでも睡魔の虜《とりこ》にされた事実もある。

——それまた、せんない話だろうかな。

確かに気にして、身構えながら、それでもルイは大慌てになるではなかった。我ながら感心するくらい、心は平らなままだった。土台が動じやすい性格ではなかったが、それよりなにより、もう馴《な》れっこになっていた。

——警鐘なら、あのヴァレンヌでも聞いた。

あのときも夜陰にかまびすしい音が響いて、ひどかった。このパリで聞かされる警鐘にしても、初めてというわけではない。馴れが生じてしまっても、それは無理からぬ話だろうと、ルイとしては思わないではいられないのだ。

馴れただけで、油断したわけではなかった。けたたましい騒音だけで、どうせ中身などなかろうと侮る気分も皆無であり、現にルイは斥候《せっこう》を送り出して、すぐさま出来事の詳細を探らせた。

今回はパリ市政庁のほうから動いたようだった。鉄面皮《てつめんぴ》なパリ市長、あのペティオンの腹芸かと思いきや、自治団《コミューン》が挙げて王家に反旗を翻《ひるがえ》したという話ではなかった。第二助役のダントンというのが首謀者で、現に最初の警鐘はダントンが顔役を務める界隈《かいわい》にある、コルドリエ教会だったらしい。

　パリ諸街区の代表という名乗りで、民衆が市庁舎を不法に占拠したのが、具体的な始まりだった。市議会を排除して、市政の掌握を一方的に宣言し、「蜂起《ほうき》の自治委員会」という身も蓋《ふた》もない自称を掲げたころには、グレーヴ広場に血気さかんな輩《やから》も集まってきたようだ。

　それが武器を翳《かざ》し、看板を仕立て、ぞろぞろ市街を練り歩いたすえに、ルイ十六世を廃位しろ、拒否権を廃止しろと叫びながら、このテュイルリまで流れてきた。

　経過は洩《も》らさず押さえていた。が、詳細まで聞かされるほど、ルイのなかでは馴れが勝っていくばかりだった。

　――だって、まさしく、いつもの話じゃないか。

　ヴェルサイユに詰め寄られた一七八九年十月、サン・クルー行きを反対された一七九一年四月、絶えず罵倒《ばとう》されながらヴァレンヌから帰還した同六月、なかんずく、テュイルリ宮の私室まで押しかけられた今年一七九二年六月と、これまでも民衆には一再ならず無礼を働かれてきたのだ。

　であれば、またかとしか思わない。

　――それに、これまで全て凌《しの》いできている。

　廃位を叫ばれるのも毎度の話だが、このルイ十六世は今もって、フランスの王であり続けている。拒否権を使わせるなどというが、それは私が求めた権利ではなく、議員諸君のほうが考えついて、憲法にもりこんでくれたものなのだ。うそぶく気分も湧《わ》かないではないからには、ルイに転寝《うたたね》を許したものとは、一種の自信だったかもしれなかった。いや、いけない。なお気を弛《ゆる》めてはいけない。そうは自戒を続けながら、致命的なくらいの油断が生じているとも思えなかった。だから、これまで全て凌いできているのだ。六月二十日の試練さえ、見事に乗り越えてきているのだ。

――前回のほうが、よほど恐ろしかった。

それも率直な印象だった。今回は結集力が弱いと、それがルイの冷静な観察だった。自ら「蜂起の自治委員会」としているように、起きているのはパリ市政の内紛である。大雑把《おおざっぱ》に図式化すれば、有産階級ブルジョワと無産階級サン・キュロットが政治の主導権を争ったと、それが事件の核心部分なのだ。

勢いで王宮に詰めかけ、ルイ十六世の廃位だの、拒否権の廃止だのと叫んでみても、そんなもの、つまりは自己の暴力を正当化するための、単なる示威行為にすぎない。

――そんな半端な覚悟で、この私を倒せるか。

ふん、とルイには鼻で笑う気分さえあった。

実際のところ、今回は数からいっても、お粗末だった。六月二十日のように、二万人規模の大運動というわけではなかった。

当初は二万人、三万人と噂《うわさ》が聞こえてきたが、それも斥候に実数を調べさせてみると、武装集団はサンテールが率いる右岸の千五百人、アレクシス・アレクサンドルが率いる左岸の千百人が主で、他を合わせても三千人に届かないという程度だった。

六月二十日より遥《はる》かに少ない。六月二十日を凌いだ私が、恐れなければならない兵団ではない。なにせ数倍に及ぶという群集を相手に、テュイルリ宮の内まで押し掛けられながら、このルイ十六世は毅然《きぜん》として最後まで戦い抜いたのだ。

――しかも素手で、だ。

六月二十日といえば、その直前に近衛隊《このえたい》を解散させられ、壁を作るだけの役にも立たない側近が、数名いただけだった。にもかかわらず、この私は屈しなかった。その勇者が今や、どうだ。屈強の兵どもに守られてさえいるではないか。

八月四日に呼び寄せられ、スイス傭兵千人がテュイルリ宮殿の守りを固めていた。建物には志願の有志が、別に三百人も控えている。全員がサン・ルイ勲章の保持者という、忠義の貴族子弟である。

ボワシー将軍が近衛騎兵、近衛歩兵の約千人を、周囲の民家に密《ひそ》かに配置したとも聞いている。庭園のほうには、パリ国民衛兵隊十六小隊、およそ二千人も待機している。これだけの兵力を擁して、今日のところは六月二十日の半分にも満たない暴徒を、速やかに退ければよいというのだ。

──あの者どもに利があるとすれば、この八月十日という日付だけか。

不意打ちには違いなかった。球戯場《ジュ・ドゥ・ポーム》の誓いの記念日でもなければ、前年のヴァレンヌ事件を思い出させるわけでもない。六月二十日のように、蜂起が起きるとすれば今日だと、ルイにしても身構えて迎えたわけではなかった。

八月十日と事前に予測することなど、誰にもできなかった。が、それでも完全に虚を衝《つ》かれたという印象はなかった。

──あれからも、常に肝に銘じてきた。

六月二十日がすぎても、まだ七月十四日がある。七月十四日がすぎても、まだ油断するな。そうやって、ルイは気持ちを張り詰めさせたままだった。なんとなれば、政治というのは、まさに一寸先は闇《やみ》なのだ。

六月二十日の直後には、王の人気が爆発的に高まった。が、もう数日後には逆風に転じてしまった。ラ・ファイエットの軽挙があり、フイヤン派の内紛があり、あげくにブラウンシュヴァイク宣言が巷《ちまた》を駆け抜けたからだ。はん、おかげで私は油断できなかったのだから、今にして僥倖《ぎょうこう》というべきか。

実際のところ、七月末から蜂起未遂の話が何度か聞こえてきた。全国連盟祭のために上京した連盟兵たちも、同じく不穏な態度を示し始めた。そうした動きの全てを把握したルイは、めぼしい人物に賄賂《わいろ》を撒《ま》き、王党派の新聞に世論を作らせ、最悪の事態を未然に防ごうともしていた。

こうして蜂起が起きて、なお失敗したとは思わない。ここまで蜂起が萎《しぼ》んだなら、十分な効果があったと思う。むしろ理想的だというのは、これを再び毅然として退ければ、またぞろフランス王の人気が高まること請け合いだからである。

もちろん、それきり、すっかり安心してしまうわけにもいかない。

――これからも、こういうことは、何度となく起きるだろう。

最近のルイは俯瞰《ふかん》で考えるまでになっていた。ああ、蜂起を凌げば、王が浮かぶ。が、なにかのきっかけで、すぐまた玉座の声望は地に落ちる。

善玉にされたり、悪玉にされたりしながら、フランス王家の座り所も立憲君主制という新しい国家の形に馴染んで、徐々に定まっていく。

裏を返せば、また革命家たちも台頭したり、失脚したりしながら、ときどきで激しく入れ替わる。政見とても右に左に行きつ戻りつ、ときに行きすぎを正したり、ときに不足を補ったりしながら、最後には落ち着くべきところに落ち着いていく。

慎重な手探りを繰り返しつつ、ゆっくりゆっくり進んでいくのが、歴史の流れというものではないかと、一種の法則性にまで思いを馳《は》せるようになっていたのだ。

――その意味では今回の蜂起は必然だ。

六月二十日のあと、王家の人気は高まりすぎた。が、それを是正するにラ・ファイエットの軽挙、フイヤン派の内紛、ブラウンシュヴァイク宣言と来ては、これまた落としすぎになる。そこで今日八月十日に小さな蜂起が起き、それを王が当然のように鎮圧することで、いくらか人気が回復される。そうして揺れることを通じて適正値を見出《みいだ》そうとする、歴史という営為の一環というわけだ。

——にしても、騒がしいな。

ルイは歩き出した。そもそも転寝から戻ることになったのは、外の騒ぎがうるさかったからではなかった。ハッとして覚醒《かくせい》したのは他でもない、王妃マリー・アントワネットの声が聞こえたからだ。

警鐘で起こされるや、昨夜は家族みんなで、大時計棟のルイの自室に集まっていた。不安な夜を強《し》いられて、また妻も眠れなかったようだった。

だから、マリー・アントワネットの声が、どう乱れ、どう騒ぎたてたという話ではない。かたわらで二人の子供たちは、すうすう寝息を聞かせていた。それを妻は起こしにかかったようなのだ。

ルイは転寝にも寝ているわけにはいかなくなった。寝ぼけ眼《まなこ》を擦《こす》りながら、無理矢理にも覚醒しないでいられなかった。

「ですから、起きなさい、ルイ・シャルル」

「どうしたのです、お母さま」

「悪いひとたちがやってきてしまいました」

「どうして。お父さまは、あんなにも優しい方なのに」

息子の返事に笑みを誘われながら、それとしてルイは首を傾《かし》げた。「悪いひとたち」は確かにテュイルリ宮に詰めかけている。が、それは今に始まる話ではない。騒ぐばかりの群集なら、深夜から来ていたのだ。

妻の言葉遣いは子供向けの方便として、特にこだわるものではない。それでも、なにか異変は起こりつつあるようだった。

目覚めてみれば、テュイルリ宮の雰囲気も、どこか緊迫の度を高めていた。ルイが目を開けたところに居合わせた側近廷臣の類《たぐい》にしても、ときに問いたげな、あるいは報告があるような、いずれにせよ堅苦しい表情だったのだ。

ルイは聞いた。どうしたのだね。なにか事件でも起きたのかね。

「マンダ侯爵が出かけられました」

と、侍従のひとりが答えた。

19――観閲

アントワーヌ・ジャン・ゲリオ・ドゥ・マンダ侯爵は、ラ・ファイエットの後任として、国民衛兵隊の司令官となっていた男である。

つまりは庭園待機の兵団の指揮権者であり、その資格で昨夜からテュイルリ宮に詰めていた。そもそも貴族の出身で、王家に寄せる忠誠心も篤《あつ》かった。

「それが自分の持ち場を離れて、全体どこに出かけたというのだね」

「パリ市政庁にでございます、陛下」

「ペティオンに呼ばれたのですか」

「いいえ、パリ市長は自宅から一歩も出られないようです」

「出られない？　その、なんだ、蜂起《ほうき》の自治委員会とやらに、軟禁でもされているのかね」

「自主的な軟禁というのが、巷《ちまた》の見方のようです」

「はん、あの男らしい日和見《ひよりみ》だね。まあ、よろしい。マンダ侯爵の話だが、そうすると、誰に呼ばれたというのです」

「ですから、蜂起の自治委員会です。市政庁からの遣いで、即時の出頭を命令されていたのです」

「出頭と……。そんな非合法な組織が命令と……。いや、解《げ》せない話だ。なんだって、マンダは唯々諾々《いいだくだく》と従ったんだね」

ルイは憤然としかけたが、そこは臣下に寄せる信頼のほうが勝った。あれは賢明な男だ。市政庁には呼び出されたからというより、恐らくは自ら談判を試みるつもりで向かったのだ。こんなことをしてどうなる、流血の事態は避けよう、王宮を攻撃するなど無謀だと、我をなくしたパリの暴徒たちを、懇《ねんご》ろに説き伏せようと出かけたのだ。

「で、マンダがグレーヴ広場に出かけたからと、なにが問題だというのです」

「国民衛兵隊が動揺しています」

「ああ、そういうこと」

それまた、ありえる話だった。国民衛兵隊に関していえば、これは端《はな》から信用ならなかった。テュイルリの警備を担当して久しいが、その任務を満足に果たせた例《ためし》がないほどなのだ。

一七九一年六月二十日には、王家の宮殿脱出を許してしまった。一七九二年六月二十日には、暴徒の宮殿侵入を阻めなかった。かえって、一緒に騒いだくらいだった。

——とはいえ、完全な敵ともいえない。

無能かつ優柔不断であるとはいえ、頭数にも入れられないわけではない。

いや、頭数に入れられないとして、なお額面上は王宮警備の任に就いている部隊なのだ。だらしなく隊列を崩していれば、それを見咎《みとが》めた暴徒のほうが、無分別に増長しないともかぎらないのだ。

「確かに厄介な話だな」

「いかがいたしましょう」

「わかった、朕《ちん》が参ろう」

「と申されますのは……」

「引き締めに、国民衛兵隊の観閲を実施しよう」

「お待ちください、陛下」

侍従が顔色を変えたのは、そんな暴挙は認められないという意味ではなかった。急ぎ駆け出し、櫛《くし》を片手に戻ってきたからには、どうやら転寝したせいで、白い鬘《かつら》が片方だけつぶれてしまっていたらしい。

「お義姉《ねえ》さま、お義姉さま、ごらんになって」

不意に聞こえてきたのは、今度はエリザベート内親王の声だった。ルイが目を向けてみると、王妃を手招きしていたのは、鎧戸《よろいど》を開けた窓辺の明るみからだった。ええ、お義姉さま、こんなのって、みたことあります。なんという、朝焼けでしょう。

「空が真っ赤に燃えているようですわ」

「というか、この赤は血の色を思わせませんこと」

そう答えてから、マリー・アントワネットは後の言葉を呑《の》んだ。この緊迫した事態に「血の色」などと、あまりに軽率な発言だったと後悔したのだろう。

しかしながら、ルイは思う。娘時代から思ったことは口に出さずにいられない質《たち》だった。己の軽々しさに即座に気づけたとするならば、さすが妻であり、母であり、一国の王妃であると、むしろ褒めてあげるべきだろう。

鷹揚《おうよう》な態度で笑みを浮かべると、そうだね、とルイは答えた。

「ああ、そうだね。今日のところの銃口は人でなく、きっと空に向けられるんだね」

懐中時計を覗《のぞ》くと、時刻は六時八分だった。白い鬘は整えたが、紫の内着はそのままで、ルイはひんやり冷たい空気がそよぐ王宮を抜けていった。

重ね着くらいはしてくるべきだったかと後悔したが、着替えるというのも妙な話だったし、またどんな服装に替えたところで、その底意などをあれこれ勘繰られかねなかった。だから、ああ、いっそ無造作で通すまでだ。

大時計棟の下階に下りると、そのままルイは庭園側の扉を押した。姿を現した王を認めて、国民衛兵隊の列に歓呼の声が上がった。国王陛下万歳、国王陛下万歳、繰り返される言葉に向けて大きく手を振るほどに、声は早朝のパリに響いて、いっそう大きく広がっていく。

「観閲なされる、観閲なされる」

侍従が触れると、下士官と思《おぼ》しき輩《やから》が走り出し、国民衛兵隊は十六小隊ごと、みる間に隊列を正していった。きびきびと実に小気味よい動き方で、思いのほかに規律は保たれているようだ。司令官マンダが居合わせないからといって、もう組織の体《てい》をなさないわけではなかったのだ。

「それゆえに、朕は国民衛兵隊を愛しております」

我ながらの声も、爽《さわ》やかな夏空によく響いた。ミラボーのようなバリトンの艶《つや》まではないながら、低めの声には思った以上の張りと膨らみがあった。

ああ、そうかと気づいたところ、その八月十日は全くといってよいほど風がなかった。声のみならず、音という音が大きく聞こえてくるというのは、横薙《よこな》ぎに攫《さら》われることがないからのようだった。

とすると、よく響いて聞こえてくるのは、進んで耳に入れたい声だけとはかぎらなかった。

「俺はあんたを愛しちゃいねえぞ」

「ああ、国王万歳とはいわねえ。叫ぶんなら、祖国万歳だ」

あれっ、とルイは思った。あれっ、どうして、そんな言葉が飛び出す。

いや、なんの不思議もないと、もう直後には思い返すことができた。国民衛兵隊のなかにも、一部にはそういう考え方もあって当然だ。もとより忠誠心が約束されていたならば、こんな風に観閲を心がけたりしないのだ。

反感が看取されて、むしろ順当というべきだった。ああ、ルイ十六世は、まだ扱き下《お》ろされるべきなのだ。法則からいうならば、国民衛兵隊が捧《ささ》げてくれた好意のほうが、かえって不気味と思わなければならないのだ。

――だから、おかしい。

ルイが気になったのは、あれっと、とっさに覚えた違和感のほうだった。どうして首を傾《かし》げたのだろう。なにを違うと感じたのだろう。

「俺はペティオン万歳というぜ。ああ、パリ市長万歳だ」

隊列から声が続いた。それにしても、はん、さっさと自宅に逼塞《ひっそく》したという、あの臆《おく》病 者《びょうもの》の市長を称《たた》えるのかね。とっさに言葉は心に湧いたが、それをルイは一語も音にはしなかった。今日は声が響くからだ。失言は決して聞き逃されないからだ。

心に言葉が湧いただけで、ずいぶん救われた気にもなれた。おかげでルイは我ながら悪くない愛想を装うことができた。

「それでは朕も祖国万歳と唱えます。ええ、我がフランスの栄えこそ、なによりの願いですから」

それを最後にルイは踵《きびす》を返した。きっかけに耳朶《じだ》の向きが変わったからか、あからさまな悪意の言葉も、今度は大勢で合わせる声の厚みを伴わせていた。

「廃位、廃位」

庭園に並んだ国民衛兵隊の列からではない。こちら側に生じた声や物音の様子から、王の所在に感づいたらしく、あちら側、つまりはテュイルリ宮の建物を挟んだカルーゼル広場の側でも、俄《にわ》かに騒ぎが生じてしまったようだった。

20――味方

「廃位、廃位」

パリの群集が詰め寄せていると、それまたルイは知らないわけではなかった。

「廃位、廃位」

カルーゼル広場には悪意が渦巻いていると、そのことも承知していた。

「廃位、廃位」

連中もやはり睡魔に襲われたのか、明け方しばらくは止《や》んでいたものが、再び叫ばれるようになっただけで、特に驚くような話でもなかった。

「廃位、廃位」

その言葉を投げつけられるのは、今回が初めてというわけでもない。ああ、別して気にする理由など、なにもない。心に道理を繰り返しながら、そうする間もルイは愉快と思うわけではなかった。ああ、これまでとは、なにか違う。といって、どこが違う。

――いや、相手にするな。

ルイは笑おうと思った。ああ、無闇《むやみ》に恐れることなどない。ああ、私なら大丈夫だ。なにせ六月二十日を凌《しの》いだのだからね。国民衛兵隊が聞きしに勝る役立たずで、そっくり暴徒の味方に寝返ることがあったとしても、なお私の勝利が揺らぐものではないさ。

「陛下、いかがなされましたか」

近従のひとり、襟足が長い白髪のユー男爵が聞いてきたのは、庭園に面した扉をすぎて、すっかり建物のなかに戻ってからだった。外の輩《やから》の視線を免れるときを待ちかねて、そのときが来るや大急ぎで発せられたような問い方だった。

が、ルイには意味がわからない。怪訝《けげん》な顔をしてみせると、ユー男爵は続けた。

「御顔《おかお》の色が優《すぐ》れないようにみえましたもので」

男爵としては、善意の気遣いだったに違いない。それでもルイのほうは、嫌な気分を禁じえなかった。

自分では朗らかな顔をしていたつもりだっただけに、冷水を浴びせられたようにも感じた。そもそも表情から内心を読まれないことが、自分の武器のひとつと考えているだけに、このときも易々《やすやす》とは容《い》れられなかった。

「いや、なに、ええと、もう七時四十六分じゃないか」

とりあえず、ルイは懐中時計を覗《のぞ》いた。必死で頭を回転させて、そろそろ空腹を覚える頃だからねと惚《とぼ》けてみせたところ、ユー男爵も納めてくれたようだった。

大時計棟の自室に戻り、実際に朝食を頬張《ほおば》りながら、そうする間もルイは窓辺でオペラグラスを構え続けた。

食事の支度を待ちながら、ひとつ深呼吸して考えなおしてみたところ、意識するまい意識するまいと思うほうが、かえって意識してしまうのではないかと。気になるものは気にしたほうが、気分が楽になるだろうと。もとより、時々刻々と様相を変化させながら、この複雑怪奇な大都会パリで進行している事態を逐一《ちくいち》把握しておかないでは、さすがのフランス王とて的確な対応はできなくなると。

——なにより、気にしないという虚勢は、かえって男らしくない。

カルーゼル広場の群集は、確かに数を増したようにみえた。

徹夜で騒いでいた連中、武器まで担いできた連中、どこか地方から上京してきた連盟兵など、蜂起《ほうき》の中核というべき三千弱は恐らく変わらないだろう。これに寝床から起き出してきたというところか、夜明けとともに有象無象《うぞうむぞう》の輩が合流を果たしたのだ。勇ましい加勢なのか、単なる野次馬にすぎないのか、いずれにせよ増える一方なのだ。

——はん、なにほどの意味がある。

目を庭園に転じれば、先刻観閲したときは整然としていた国民衛兵隊が、あっという間に乱れに乱れの体《てい》たらくになっていた。

隊伍《たいご》が崩れ、軍服が乱れ、銃など放り出されていたのみならず、こちらの場合なんだか数が減ったようにもみえた。よくよく目を凝らしてみれば、二人、三人、また二人とお喋《しゃべ》りしながら、持ち場を離れて家路につこうかという背中が絶えなかった。

――なんたる怠慢か。

それも市中に出していた斥候《せっこう》に耳元で報告を囁《ささや》かれれば、他愛《たわい》なく怒るより冷静な戦慄《せんりつ》を覚えるほうが先になる。

「ええ、マンダ侯爵が蜂起の自治委員会に逮捕された模様です」

「なんと。奴《やつ》らは全体なんの権限で、そんな暴挙に手を染めたというんだね」

「パリ市の第二助役ダントン氏の命令だそうです」

「ダントンと……」

「未確認情報ですが、マンダ侯爵はすでに殺されてしまったとの噂《うわさ》もあり」

「…………」

指揮官が戻らないなら、国民衛兵隊の四散は責められなかった。もとより、信用できる警備兵ではない。大した期待もしていない。

――はん、なにほどの意味がある。

ルイはオペラグラスを上着の隠しに押しこんだ。そうして自室に向きなおるや、不意に自信が蘇《よみがえ》るような感じがあった。錯覚か。いや、そうではない。私は自分に自信がある人間だ。そう任じて、これまでも幾多の困難を乗り越えてきたのだ。

それはヴァレンヌ事件以来、大きくなるばかりの宝物だった。あやふやな理由から奪われ、容易に蘇らないのであれば、自ら努めて取り戻すべきだろう。自信をなくすのが、なにより悪いからだ。決して過信でないというのは、そのへんの革命家とは歴然と違うからだ。ああ、フランスの王たる私だけは、決して使い捨てにはされない。

——実際、今このときも味方には困らない。

向きなおるや一番に歩を進めてきたのが、酷薄そうな尖《とが》り顔をした長《ちよう》身《しん》痩《そう》軀《く》の男だった。

名前をピエール・ルイ・レドレールといい、そも一七八九年にはメッスの第三身分代表として全国三部会に議席を占めた。国民議会、憲法制定国民議会と議員の資格で働いてから、九一年九月の解散で失職し、それからは功績を評価された天下りで、パリ県知事に就任していた。

「お逃げください」

それがレドレールの進言だった。もはや譬《たと》えようもなく危険な状態であります。このまま宮殿にいては、恐らく御《おん》身《み》も安全ではいられないかと。

「ですから、陛下、お逃げください」

「逃げるというのは、王者に相応《ふさわ》しい振る舞いだとは思われぬが……」

食い下がろうとするパリ県知事に、王妃マリー・アントワネットが質《ただ》した。

「赤旗を出すことはできませんか」

王妃は戒厳令を敷いてほしいと要請した。なるほど、九一年七月の「シャン・ドゥ・マルスの虐殺」のときに出されて、あのときは暴徒の群れを一網打尽に片づけている。

「しかしながら……」

レドレールのほうは困ったような表情だった。

「そのような権限は、パリ県知事には与えられておりません」

「しかし、バイイ市長は以前に出されました。ラ・ファイエット侯爵も、すぐさま出動してくださいました」

「恐れながら、さすれば、王妃さまの御要望は、パリ市長と国民衛兵隊司令官のほうへ」

「ペティオン市長は、なにをしているか。自宅軟禁というのは、どういうことなのだ」

妻にかわって、ルイは憤慨してみせた。そのとき新たに戻った斥候が耳元に報告した。

「なに、国民衛兵隊司令官にサンテールが就任しただと。馬鹿な……。あの麦酒造《ビエール》りの平民が……。マンダは、どうした。マンダは、どうなったのだ。やはり、マンダは……」

パリ市長、国民衛兵隊司令官、いずれも頼みにすることができず、少なくとも戒厳令を敷くことは難しそうだった。

「陛下とご家族の皆様を、安全な場所にご案内することならできます」

パリ県知事が再開していた。ええ、逃げるのではありません。ただ安全な場所に移動して、そこから事態の推移を見守られてはいかがかと、そう申し上げておるのです。

威厳を損なわないよう、すぐには飛びつかず、数秒おいてから、うむと唸《うな》り、ルイは話を確かめた。県知事閣下、その安全な場所というのは。

「議会です」

と、レドレールは答えた。いや、逃げるのではありません。調馬場付属大広間《マネージュ》は、この宮殿のほんの目と鼻の先、そこに移動することを逃げるとは申しますまい。

「けれど、意味するところは重大です。立法府に御身を委《ゆだ》ねることになるからです。陛下と御家族の命を保障できるのは、もはや人民の代表者たちだけだということ以上に、陛下が議会においでくだされば、王と憲法が、つまりは執行権と立法権が一堂に会することになります。いかな人民とて、これに粗暴な手を伸ばすことなどありますまい」

21——移動

「どのみち無法な反徒と認定することになりますのなら、今すぐ厳格な処分に乗り出しても、同じことなのではありませんか」

マリー・アントワネットも引かなかった。というのも、議会の軒先を借りるのでは、王家の品位を保てません。立法権に守られるなら、すでに執行権は対等の立場を失ったことにもなります。ええ、真に守るべきは王の自立性です。なにものに脅《おびや》かされても、決して揺るぎないという、国家元首の不可侵性なのです。

なかなかの名調子だ、とルイは思った。が、同時に王妃の結論もみえた。

「やはり、戒厳令を」

「いえ、マダム」

それをルイは、あえて止めた。いえ、マダムの仰《おつしや》りようが間違いだとは思いません。それどころか、正しい。ほとんど全て、その通りだと思います。しかし、マダム、その王の自立性、国家元首の不可侵性といったものは、つきつめると、なんなのでしょうか。

「私は慈悲の心だと考えます」

「……………」

「たとえ無法な反徒であれ、フランスの民を傷つけるのは忍びない。戒厳令という選択肢を端《はな》から否定するわけではありませんが、かつてバイイ市長が命じた非情、あるいはラ・ファイエット侯爵が手を染めた乱暴を、朕《ちん》は必ずしも歓迎していませんでした」

そこまで妻に続けてから、ルイは痩《や》せ男に向きなおった。

「レドレール君、案内してくれたまえ」

ああ、行こう、議会へ。決断を告げながら、ルイが懐中時計を覗《のぞ》くと、もう八時十六分だった。

移動の支度を命じると、いくらか時間がかかった。女たちの荷物が容易にまとまらなかったからだ。が、ルイは意外なくらいに苛々《いらいら》しなかった。自分の決断を男らしかったと、割に満足できていた。

――そこで八時五十七分になるか。

ようやく下りた玄関内には、スイス傭兵隊が並んでいた。マイヤルド連隊長、バックマン中隊長に率いられて、そこから護衛の一隊が分かれた。

これに前後を守られる格好で、レドレール、国王ルイ、王妃マリー・アントワネット、王太子ルイ・シャルル、王女マリー・テレーズ、エリザベート内親王、さらに数名の侍従女官が列をなし、ぞろぞろ建物の外に出た。

列から飛び出したのは、無邪気な王太子ルイだった。なにをするのかとみていれば、こんもり山になった落ち葉に突進して、それを蹴散《けち》らしてみせたのだった。

庭番の仕事を反故《ほご》にしながら、それで男児は大喜びだった。まったく、やんちゃ坊主め。

「ねえ、お父さま、なんて沢山の落ち葉なんでしょうね」

「そうだね。多いね。まだ八月なのに、今年はやけに落葉が早いんだなあ」

周囲で何人か表情を変えていた。が、その意味がわからず、ルイは淡々と歩みを続けた。

群集はこちらでも、テュイルリの敷地を守る鉄柵《てつさく》の際《きわ》まで押しかけていた。例のごとくの罵詈雑言《ばりぞうごん》も叫ばれていたが、あえてルイは聞かなかった。黙々と砂場を踏んで、ただ先を急ぐだけだ。

聞き苦しいものを聞いて、いちいち理解してみたところで、なんの役にも立たない。気にして、悩んで、あるいは嫌な気分になって、それで活路が開かれるわけではない。

調馬場《マネージュ》付属大広間に到着しても、騒がしいのは同じだった。室内はやたらと暗い印象で、フイヤン派なのか、ジロンド派なのか、議員なのか、傍聴人なのか、なんの区別もつかないながら、こちらのルイが姿を現すや、大勢が一気に押し寄せてきた。

好意か、敵意か、それすら判然としない勢いだったが、口々に叫ばれたところ、夜半からの警鐘を受けて、午前二時から集まっていた、真剣な審議を重ねてきたと、それくらいの報告を寄せてくれたようだった。

相手が議会であれば、さすがに無視しようとは思わない。ただ依然愉快ではなかった。いよいよ揉《も》みくちゃにされたからだ。

王妃マリー・アントワネットが叫んでいたのは、人ごみに呑《の》まれる格好で、王太子ルイとはぐれてしまったからのようだった。息子のほうでも泣きわめいて、それで迷子になる前に戻されたが、とにもかくにも議長席に辿《たど》り着くまでが、昨夜からの一番の苦労になったほどだ。

ふうと息を吐いてから、ルイは高座に言葉を向けた。

「不幸な大罪が犯されることのないよう、朕はここにやってきました。諸君ら議員のいるところ以上に、安全な場所はなかろうと考えたがゆえです」

迎えた議長は顔に覚えがある、確かジロンド県の選出議員で、ヴェルニョーという男だった。

今の議会では随一の雄弁家で、ミラボーの再来とも、バルナーヴ二世とも呼ばれる逸材である。ミラボーも、バルナーヴも、王家のために働いてくれた。実に幸先《さいさき》よいではないかと、ルイも僅《わず》かに相好《そうごう》を崩さないではなかった。

——やはり味方には困らない。

議会に場所を移しても、ルイの自信は深まるばかりだった。ああ、ミラボーだけではない。フイヤン派だけではない。最近はジロンド派まで、提携してほしい、力を貸してほしいと、このフランス王に擦《す》り寄ってくる始末なのだ。

「陛下、ご安心ください」

と、ヴェルニョーは始めていた。ええ、議会の揺るぎなさは、陛下の信頼に足るものと自負しております。我ら議員一同は人民の権利と憲法で認められた諸々《もろもろ》の権能を護《まも》るためとあらば、皆が死を覚悟しているからであります。

——その割には少ないな。

ルイが気にしたのは、議長席まで進んでみると、見上げた議席に空席が目立つことだった。ざっとみて、半分も埋まっていない。議員が集まっていたといい、審議を重ねていたというが、実際には傍聴している野次馬のほうが多かったということだ。

——まあ、よい。

そういう問題でないことも、ルイは重々承知していた。ああ、この私が国家の執行権であり、この議員たちが国家の立法権であり、ふたつながらフランスの憲法を体現していることが、そう唱えられる形が整うことが、この場合は大切なのだ。

――かえって、広々としてよい。

家族の肩を押しながら、ルイは空いている議席を拝借しようとした。それを咎《とが》められるとも思わない、文字通り無頓着《むとんちゃく》の振る舞いだったが、なんとまあ、形こそが大切な場所にあっては、面倒な決まり事も少なくないようだった。

「恐れながら、陛下。議会は審議中であります」

「それが、どうかしたかね」

「議会の審議は国王の臨席のもとでは行われないと、法に定められております」

「…………」

ならば、どうしろというのだ。ならば、どうして呼んだのだ。憮然《ぶぜん》として目を飛ばしたが、案内してきたレドレールは、どういうわけだかみつからなかった。かわりに手ぶりをくれたのは、変わらず愛想ばかりはよいヴェルニョーだった。

「陛下、こちらであれば問題ないかと」

議長席の後ろは壁でなく、実は小部屋が仕込まれているようだった。十ピエ（約三・二メートル）四方しかない本当の小部屋であり、普段は議事内容を速記して、議事録を作る書記たちが、何人か詰めこまれているようだった。

「こんなところに入るのかね。えっ、朕に入れというのかね」

「恐れながら、御家族も御一緒に」

「………」

「緊急事態でございます。この騒ぎが収まるまでの話でございます」

ルイは無表情で承諾した。どういうわけか、入口の扉が鉄格子で、なかに進んでも窓らしき刳《く》りぬきには、同じように鉄の棒が嵌《は》められていた。牢獄《ろうごく》さながらの造りだが、まあ、議場に牢獄があるわけがない。特段に悪意を読み取り、大騒ぎするまでもない。

——ただ、暑いな。

八月十日は、まさに夏の盛りである。迫る四壁に囲まれた場所であれば、むっと熱気が籠《こも》って蒸すばかりなのである。

ルイは上着の隠しに手を入れた。ハンケチを取り出すつもりだったが、指先に触れたのは先刻までカルーゼル広場を覗くのに使っていた、気に入りのオペラグラスだった。

——九時十八分。

そう懐中時計を確かめるのを最後に、ルイはオペラグラスを構えた。議会の審議に王の臨席は許さないといいながら、小窓から外の様子を覗くくらいのことは咎《とが》められなかった。

22——戦闘

——なにもみえない。

立ちこめる煙は戦闘が始まった証拠なのだと、そのことはデムーランも理解した。銃声が轟《とどろ》いていたからだ。なにもかも、それこそ自分の手さえみえないのも、同時に生じた硝煙が一面を灰色の靄《もや》に閉じこめたからなのだ。

夜が明けるほど、いよいよ最高の晴天だった。照りつける太陽がジリジリ二の腕の皮膚を焼くような、本当の夏日になるだろうとも察しがついていた。

思い及ばなかったのは、全くといってよいほど風が吹かないことだった。生ぬるく熱せられた空気はそよとも流れず、一定の湿気を孕《はら》んだままでその場に留《とど》まろうとする気配となると、ほとんど気味悪いほどなのだ。

——それが今や硝煙まで抱きこんだ。

テュイルリ宮の前庭は、確かに狭苦しい場所だった。

鉄柵《てっさく》の門を潜《くぐ》り、大時計棟の正面に立つならば、右手にはずらりと厩舎《きゅうしゃ》が並び、左手には近衛隊《このえたい》の兵舎が控える。いいかえれば三方を建物に囲まれ、背後のカルーゼル広場だけは少し広いが、それもカーンズ・ヴァン教会、ロングヴィル館、クレキ館、クリュソル館と建物が並ぶので、ほどなく蓋《ふた》をされる格好に変わりはなかった。銃が撃ち放されれば、硝煙が隅まで充満したとしても不思議ではない。

――やはりスイス傭兵だろうな。

とも思いついて、デムーランは思考停止の状態ではなかった。ああ、間違いない。他に警護の部隊はいない。

パリ国民衛兵隊は、もはやテュイルリ宮を守らないはずだった。司令官マンダは逮捕され、その後任にサンテールが就任したからだ。バスティーユの闘士であり、パリの活動家であり、つまりは蜂起《ほうき》の指導者のひとりであり、現下の攻撃に加わっているひとりであれば、配下の国民衛兵隊が王宮を守るはずがない。

残るはスイス傭兵隊だけだった。ああ、そうだ。やはり、他には考えられない。が、そのスイス傭兵たちも、また戦意がないようにみえた。

蜂起の兵団がカルーゼル広場に到着して、廃位、廃位と叫んだ頃には、もう八時を回っていただろうか。スイス傭兵隊は確かに配置についていたが、こちらの騒ぎを認めながら、解散を命じるでも、警告を発するでもなく、もちろん武力行使で鎮圧作戦にかかるでもなかった。

たいそう気負って乗りこんでいただけに、デムーランとしては些《いささ》か拍子抜けしたほどだった。こちらから仕掛けるかどうかと相談している間に、もう王は宮殿にはいない、調馬場付属大広間《マネージュ》に移動した、議会を相手に降伏の条件を詰める段階だと、そんな話まで聞こえてきた。

——勝ったのか。

戦闘を始める以前に……。向こうが蜂起の勢いに怖気《おじけ》づいて……。半信半疑でいるうちに、スイス傭兵の何人かが武器を捨てた。鉄柵際《ぎわ》の人々と、二言、三言かわしたかと思うや、陽気な笑い声を聞かせて、さっさと銃を放り出してしまったのだ。

——本当に勝ったらしい。

蜂起の兵団はカルーゼル広場から宮殿前庭に歩を進めた。

勝利したとするならば、勝利の印を手に入れなければならなかった。なにか定義があるではなかったが、それはテュイルリ宮を接収することだろうと、なんとなくだが、その場の誰もが感じていた。が、あと数メートルで大時計棟の車寄せと、そこまで深く進んでしまったときだった。

銃声が聞こえた。それも束で轟いた。

「罠《わな》だ」

とっさに叫んだ輩《やから》もいた。確かに罠と解釈できる。しかし間違いであってくれとも、デムーランは祈らずにはおけなかった。

武器の扱いに優《すぐ》れ、しかも精密な機械のように、きちんきちんと作戦行動を取れるスイス傭兵の攻撃ならば、蜂起の兵団は千人の職業軍人、つまりはプロを相手に戦わなければならないからだ。

元来臆病者《おくびょうもの》ながら、どういう皮肉か何度も銃火の下を潜らされた経験則で、デムーランに幻想はなかった。ああ、プロは強い。容易に勝てる相手じゃない。

一七八九年七月十四日、バスティーユの陥落は、確かに偉大な勝利である。が、あのとき要塞《ようさい》を守備していたのは大方が廃兵で、スイス傭兵は一握りにすぎなかった。

一七九一年七月十七日、シャン・ドゥ・マルスで起きた出来事は、弁解の余地なく虐殺の企てだった。が、あのとき四方に戦列を組んでいた兵団となると、これは中身は素人という国民衛兵隊だった。装備は一級品だけに、それとして恐ろしかったが、かたわら、つけいる隙《すき》がないではなかった。

――少なくとも、ランベスク大公よりは怖くなかった。

振り返れば、デムーランが最も肝を冷やしたのは、一七八九年七月十二日の夜だった。テュイルリの庭園のほうで戦われた最初の市街戦のことで、ランベスク大公に率いられたドイツ傭兵の竜騎兵団は本当に怖かったのだ。

いくらか意表をついたところで、すぐに立て直してくる。作戦行動に入れば、鍛え上げられた面々は一人として遅れることなく、これでもかというほどの波状攻撃を可能にする。

あのときは本当に死ぬかと思った。途中で何度もあきらめかけた。それだけプロは強いのだ。生半可な覚悟で立ち向かえる相手ではないのだ。いや、この期《ご》に及んで怖気づいたわけじゃない。なにもみえないから怖いだけで……。

言い訳だと自覚がないではなかった。これだけの硝煙が生じたからには、明らかにプロの一斉射撃である。指揮官の号令一下に正確に操作されたからこそ、一気に大量の火薬が燃えて、濛々《もうもう》たる煙に化身《けしん》したのである。

ああ、プロだ。間違いなく、プロだ。だからこそ、怖くて、怖くて、デムーランの神経は容易に認めたがらないのだ。

――が、こちらが認める認めないに関係なく、現実という魔はすぐそこにあり……。

ハッと覚醒《かくせい》してみると、呆然《ぼうぜん》と立っていたのは血の臭《にお》いのただなかだった。ふらふらとよろければ、踵《かかと》が柔らかいものに触れた。とっさに思い起こされたのは、赤子の身体《からだ》の柔らかさだった。

デムーランの頭蓋《ずがい》は一瞬の混乱に捕われた。ああ、オラースは柔らかい。オラースを抱きしめたい。ああ、この僕は片時だって、息子のそばを離れたくないんだ。

――けれど、この柔らかいものは死体だぞ。

踵が赤黒い湿りに汚れていた。仲間が殺された。ああ、オラースだって、死体にされるかもしれない。こんな風に銃撃にさらされて、あっさり命を落としてしまうかもしれない。なんとなれば、先がみえない。このフランスでは、なにひとつ約束されていない。この国をこんな状態のままにして、息子に残すわけにはいかない。

――だから、オラース、父さんに勇気をくれ。

煙は僥倖《ぎょうこう》だったかもしれない。恐るべき現実を直視しないで済んでいるうちに、反撃を試みることができるからだ。最初の銃声から二秒と刻まない一瞬に、デムーランはそれだけのことを考えた。あげくに叫んだのは、馬鹿らしいくらいに短い言葉だった。

「前に進め」

同時に身体を低くしたのは、それまた経験則だったろう。

ところどころ茶色がかる灰色の煙のなかに、ちかちか赤い火花が弾《はじ》けた。また銃声が轟いていた。人間の声というより、動物の呻《うめ》きのようなものが聞こえて、と思うや地べたまで低くしていた背中に、どさっ、どさっと重たいものが降り落ちてくる。

デムーランはもがいた。刹那《せつな》に覗《のぞ》きみえた顔は、苦悶《くもん》を濃くするでもなく、恨みがましく睨《にら》むでもなく、ただ命を奪われてしまっただけの無表情だった。

仲間が死んだ。蜂起の同胞が殺された。次は僕も殺される。

「ああ、ああ、ああ、ああ」

闇雲《やみくも》に声を張り上げ、デムーランは銃を撃った。手は震え、膝《ひざ》は揺れ、まともな銃撃にならなかったが、もとより硝煙が立ちこめて、とても狙《ねら》いなどつけられない。

「それでも、撃て。みんな、撃つんだ」

鼓舞する言葉を重ねても、呼応の気配は皆無だった。感じられるのは新たに命を落とした者の無念と、そうでなければ生に執着しようとする者の悲鳴だった。

蜂起の兵団は逃げ始めた。背中がみえたわけではなかったが、てんでに離れていこうとする出鱈目《でたらめ》な足音の連続でそれと知れた。

逃げたくなる理由とて、はっきりしていた。ざっざっざっと規律正しく刻まれる足音までが、分厚い気配として近づきつつあった。

前方の煙が晴れていた。というより、無理にも蹴散《けち》らされてしまった。横一列の隊列を組みながら、それまで宮殿に潜んでいたスイス傭兵隊が姿を現していた。総身を曝《さら》して、自ら前進を試みながら、いよいよ追撃作戦というわけだった。

デムーランの眼前にも黒い軍靴《ぐんか》がみえた。脛《すね》から膝上まで、白布を巻いていた。卵色の股引《ももひき》は太い筋肉の躍動を窺《うかが》わせ、今にもはちきれんばかりだった。はちきれんばかりといえば、内着の裾《すそ》あたりも大きく山をなしていた。

でかい。とてもじゃないが、かなわない。やはりスイス傭兵だ。巨漢ばかりを選抜した、精鋭部隊だ。最後の決め手の赤い軍服を確かめる前に、デムーランは逃げた。

「ひっ、ひいい」

なんて情けない声を出すんだ。そう窘《たしな》める意識を残していただけに、犬のように這《は》いつくばって、なお逃げたとは思いたくなかった。逃げれば、お終《しま》いだからだ。自分の命は惜しまないにせよ、そのときはオラースの未来まで失われてしまうのだ。そんなことは認められない。絶対に認められない。

「だから、逃げろ、早く逃げろってば……」

急《せ》き立てたのは、這いつくばるデムーランに足をかけて、思わず転んだ男だった。だから、逃げちゃあ駄目なんだ。そう説きかけながら、実際の声にはできなかったのは、石畳に爪《つめ》を立てた手元で、赤い肉がぬるぬる濡《ぬ》れていたからだった。

恐らくは転倒する一瞬前のことだろう。その仲間はプロの正確な銃撃で、頭の半分を吹き飛ばされてしまっていた。

デムーランはきつく目を閉じ、ぎりと奥歯を嚙《か》みしめた。

子供のため、未来のためなどという甘い了見が、まったく通用しない世界がここにある。それでも僕は逃げない。これは逃げるんじゃない。心に強気を続けながら、這い続けるのは同じだった。

石畳に膝の布が擦《す》り切れて、なお這うので、そのうち膝そのものにも血が滲《にじ》む。それでもスイス傭兵隊の足音は、どんどん背後に迫りくる。動かなければならない。動き続けなければならない。けれど、これは逃げるんじゃない。絶対に逃げているのとは違う。

「うっ、うっくぅ」

言い訳の罰なのか、デムーランは絞められる家禽《かきん》のような声まで上げさせられた。這い続ける太腿《ふともも》に痛みが駆けた。とうとう銃撃にやられてしまった。ああ、右腿の肉が破れた。這うことも、走ることも、歩くことさえ自由にできない。逃げることさえ、もう思い通りにはならない。

デムーランは泣いた。負ける。やはりプロにはかなわない。どんな思いを抱《いだ》いて乗りこんだところで、プロの本気の攻撃には立ち向かう術《すべ》もない。ああ、やっぱり駄目なのか。僕じゃあ、駄目なのか。フランスを変えることができず、ということは父親になる資格もないのか。

「ほら、めそめそしてねえで、立ちなよ、デムーランさん」

見上げれば、その影は脇《わき》をつかんで、自分を引き上げていた。うっと呻き声を上げても、構わず右腿を調べにかかり、あげくに傷口を叩《たた》くような真似《まね》までする。なんでもねえ。なんでもねえ。運よく弾は貫通しちまったじゃねえか。

「少し引きずるが歩けないほどじゃねえ。ああ、這うより歩いたほうが早いぜ、デムーランさん」

「レベッキさん……」

ほんの数時間前には自宅の食事会に招待していた、それはマルセイユ連盟兵の将校だった。レベッキは当然ながらの急ぎ加減で続けた。

「スイス野郎が来る。とにかく、いったん下がろうぜ」

「しかし、ここで下がってしまったら……」

「ああ、そうか、ブレストの連中、もう隊伍《たいご》を組んだんだな」

いまひとつの連盟兵である。促されて、デムーランが頭を回すより先に、どおんと地響きが轟いた。ががら車輪が鳴る音が続いたのは、あまりな火薬の勢いで後ろ向きの反動が生じたからで、もちろん大砲の一撃だった。

灰色の硝煙のなか、いくつか赤い軍服が空を飛んだ。四肢を力なく躍らせたスイス傭兵は、やけに長く感じられる時間を宙に浮いてから、どさと物のように石畳に落下した。

追撃の足音が止まっていた。また大砲の音が響き、また赤い軍服が飛んで、その直後にドイツ語が叫ばれた。意味はわからなかったが、発せられた言葉は恐らく、総員退却、宮殿で態勢を立て直すと、それくらいの指示だったろう。

23——硝煙の彼方

これまた見事な揃《そろ》い方で、今度は駆け足の音が響いた。背中に銃を撃ちかけられながら、それでもスイス傭兵の大半は建物に戻ったようだった。

まだまだ予断は許さない。が、絶体絶命の窮地からは脱した。少しだけなら心に余裕も生まれていた。

「やつら、カルーゼル広場に入りきれなくて、セーヌの橋のほうにいたんだ」

レベッキが続けていた。えっ、なに、なんだいと受けてから、デムーランはブレストの連盟兵を思い出した。

前庭に歩を進めた仲間は、スイス傭兵隊の不意打ちに曝《さら》された。が、後続は難を逃れた。無傷で、隊列を乱したわけですらなく、反撃は十分可能だ。それくらいの理屈を、説明しようとしたのだろう。

「だから、デムーランさん、金玉縮み上がらせてる場合じゃねえぜ」

「縮み上がらせてなんか……」

反論を試みるも、途中でデムーランは言葉を呑《の》んだ。陽気な乱暴者といったレベッキが、いきなりつかみ上げてきたからだ。

「うへ、小せえ。子持ちだなんて、信じられないくれえ、小せえ」

「な、なにを……。そ、そりゃあ、さっきまで死にかけてたんだから……」

「だったら、ひとつ女の尻でも拝んで、いくらかでも息を吹き返させるんだな、パリの英雄」

「女の尻だなんて、そんなもの、どこに……」

あった。それも目の前にあった。悪ふざけのレベッキは、ひとりをみつけて後ろから組みつくと、その裾布《すそぬの》を腰の高さまで捲《まく》り上げたのだ。

「なに、やめてよ。なに、あんた、冗談じゃないわよ」

その女は銃を担いでいた。大柄な女で、得物《えもの》にしても男さえ扱いに難儀するような銃身の長い代物だった。

これほどの武器は持参しないまでも、テュイルリ宮の前面には確かに女が少なくなかった。テロワーニュ・ドゥ・メリクール、ポリーヌ・レオン、エッタ・パルムといった例の女性活動家たちが、パリ蜂起《ほうき》の声に応じて参集したのだ。

人間として一人前の権利を要求するからには、人間として一人前の義務も果たす。武器を取ることも義務のひとつであるというなら、女だからと家に隠れているつもりはない。そうやって、勇敢に乗りこんできたのだ。

――というわけで、目の前には女の尻……。

デムーランは赤面を禁じえなかった。どういうわけだか、無性に恥ずかしかった。女のほうは当然ながら、激しく暴れた。レベッキは右に左に器用に回り、頬《ほお》ひとつ箇単には打《ぶ》たせない。であるからには、その間にもデムーランの眼前では豊満な肉塊《にくかい》が揺れるやら、青白いくらいの下腹に黒いものが覗《のぞ》くやら。

「へへ、どうだい、デムーランさん。夜には美人の奥さん相手に二回戦だってんだから、今から股間《こかん》も身構えさせておいたほうがいいぜ」

そういうと、レベッキは女を放して駆け出した。

気がつけば、『ラ・マルセイエーズ』の歌声が聞こえていた。マルセイユの連盟兵が隊伍《たいご》を組んで、挙げての突撃を始めたのだ。ああ、反撃開始だ。

尻を捲られた女にしても、急ぎ裾をなおしていた。破廉恥漢《はれんちかん》に逃げられたなら、せめて悪友と思《おぼ》しきほうにと思うのか、デムーランに一睨《ひとにら》みくれてから、やはり銃を構えて走り出した。

逃げにかかった仲間という仲間が、再び身体《からだ》の正面を宮殿に向けなおした。銃声、砲声と連続して、後列の援護も勢いを増すばかりだ。ああ、当然だ。ああ、あきらめるのは早いのだ。

——まだまだ負けてはいないのだ。

デムーランは銃の弾込めを急いだ。もうレベッキはあんなところまで進んでいる。僕も遅れてはいられない。早く突撃に合流して、今度こそテュイルリ宮を占拠しなければならない。

「よし」

それは弾込めを終えて、今にも走り出そうとしたときだった。

また轟音《ごうおん》が聞こえた。兵隊も素人では、どうでも出せない厚みが再び感じられた。とはいえ、一斉射撃の音も、さっきとは様子が別だった。轟《とどろ》き渡る瞬間はひとつだが、今度の音は幾重にも錯綜《さくそう》しながら耳に届いた。出所がひとつでないということか。ただ正面から銃撃したのではないのか。

また煙が充満していた。みえないことは先刻承知で、それでもデムーランは右手に目を走らせずにはおけなかった。

厩舎《きゆうしや》だ。厩舎に伏兵が隠れていた。実際に目を凝らせば、ふわふわ流れる灰色の向こう側に、チカと赤い火花が弾けたようにもみえた。が、同時に目尻のほうでも、火花は弾けたようなのだ。

また銃声が轟いた。二方向か、とデムーランは呻《うめ》いた。テュイルリ宮の射撃は正面からと側面からの二方向、つまりは十字砲火という戦法に則しているのだ。

――やはり、プロだ。

やはり根本からして違う。なまじっかな戦意に駆られて走り出しても、僕らが通用する相手ではない。というのも、こちらの素人は予想もできなかったのだ。

知識としては知っていても、この土壇場では警戒ひとつできなかった。ああ、十字砲火については聞いていた。逃げ場がなくなるという理屈も理解していた。

――その殺意の狭間《はざま》にあっては誰ひとりとして……。

デムーランは心に名前を呟《つぶや》いた。レベッキさん、あんたは十字砲火のなかで……。

脈絡ない声が聞こえた。

「ああ、デムーランさんの奥さん、あなたみたいな上品な御婦人は、ちっとマルセイユにはいないものだから、正直いって少し舞い上がってます、へへ」

「おお、こいつは元気な男の子だな。なあ、デムーランさん、男の子ってな、どんな大物になるかなんて、夢をみられていいもんだよな」

「デムーランさん、聞いたぜ。そんな優男《やさおとこ》みてえな顔して、あんた、パリの英雄なんだってな」

デムーランも答えなければならないはずだった。レベッキさん、だったら、なおのこと、パリには負けられないだろう。さあ、歌えよ、ラ・マルセイエーズ。

「ああ、ああ、ああ、ああ」

デムーランは走り出した。何度も何度も柔らかいものを踏んだが、今度こそ迷いはなかった。

傷の痛みも忘れた。怖いとも思わなかった。というより、いくつもいくつも仲間の死体を踏み越えながら、そうするほどに頭のなかが白くなった。

かあああと身体の芯《しん》が熱くなり、総身が光を発するようにさえ感じられたとき、これまでの経験則から引き出しても、あるのは絶対に許さないという怒りの感情ばかりだった。

どれくらいの時間がすぎたか。

デムーランは無我夢中で戦った。

があ、があ、ああ。口から飛び出すのも獣さながらの吠《ほ》え声だけで、最中《さなか》には人間の言葉さえ皆無だった。自分を取り戻すことができたのは、テュイルリ宮の前庭を静けさが支配したからだった。

戦闘が止《や》んでいた。少なくとも、スイス傭兵隊は全て引き揚げた。またテュイルリ宮からの攻撃も途絶えていた。

ハッとすると、全身が泥だらけなことにも気づいた。その黒色から辛《かろ》うじて見分けられる赤色で、左腕は血塗《ちまみ》れになっていた。不思議と痛みはなかったが、どこか怪我《けが》したということだろう。

いずれにせよ、確かめはしなかった。いまひとつの右腕も塞《ふさ》がっていたからだ。デムーランが抱えていたのは、力が抜けた身体だった。軍服の腹のあたり、白い内着に赤黒い染みが広がり、一見して命を永らえているではなかった。

やはり風は吹かなかった。際限なく燃やされ続けた火薬が、今も灰色の硝煙を一面に厚く滞留させていた。

ろくろく目も通らないながら、すでに教訓は得られていた。ああ、進め。進まなければならない。あるいは突き放され、いったん退《ひ》くこともあるかもしれないが、それでも最後は前に進まなければならないのだ。

――死んだ同胞たちのためにも……。

行こうぜ、レベッキさん。そうデムーランは腕に抱えた死体に呼びかけた。

テュイルリ宮の車寄せに進んでも、建物は静かなままだった。最後まで銃撃で押し返されることもなかった。蜂起の兵団は煙を掻《か》き分け、遂《つい》に穴だらけの玄関扉を押し開けた。

建物のなかは暗く、また同じように静寂の虜《とりこ》だった。蒸すような表から入るせいか、空気がひんやりと感じられ、それが静かな印象を増していた。ということは、本当に誰もいないのか。スイス傭兵隊は総員で引き揚げてしまったのか。

「いや」

ばたんと大きな音が聞こえた。庭園側の扉が開いて、その眩《まぶ》しさのなかを、ばらばらと人影が逃げていった。すっかり明るみの下に出れば、その軍服が赤いことがわかった。

「スイス傭兵だ」

「撃て、撃て、絶対に逃がすな」

再びの銃声が響いた。が、それは勝鬨《かちどき》に等しい銃声だった。スイス傭兵隊は戦列を放棄した。もはや敗走の体《てい》だ。こちらはその背中に追い討ちをかければよいだけだ。

少なくとも、テュイルリ宮は無人である。突入を試みても、誰も行手を阻まない。蜂起の兵団は、濁りを帯びた鉄砲水さながらだった。恐る恐るという感じで歩を進めてきたものが、銃声を合図に一気に駆け出したのだ。

「勝ったぞ、勝ったぞ」

「おお、おお、ピエール、おまえの敵《かたき》はとってやったぞ」

「これは俺たちの宮殿だ。これは俺たちの宮殿だ」

「おおさ、税金で建てたんだから、俺たちが家主で悪いことなんかあるか」

テュイルリ宮を占拠した人々に、理性的な縛りをきかせられるとは思わなかった。部屋という部屋を開けて、略奪にかかる者もいた。かかる無法者にさえ顔を顰《しか》められながら、窓幕という窓幕に火をつけて回る者もいる。

滅茶苦茶《めちゃくちゃ》だ。せっかくの壮挙なのに、これでは玉に瑕《きず》というものだ。それでもデムーランは止められるとも、また止めなければならないとも思わなかった。
思えるわけがない。どうしてって、たくさんの人が死んでしまった。硝煙が晴れたときには、何百人という単位で死体が転げているに違いなかった。
やはり、激戦だった。やはり、プロの兵隊は強かった。戦い抜いて、今ここにいるのだから、なにも咎《とが》めることができない。正義漢を気取りながら、ただ注意することさえ許されない。なあ、そうだろう、レベッキさん。
「かわりに歌おう、ラ・マルセイエーズ」
デムーランの声に応じて、歌う有志も少なくなかった。サンテール、アレクシス・アレクサンドル、ヴェステルマン、フルニエ、ユグナン、顔中を黒く汚して、血走る目だけギョロつかせている猛者《もさ》どもは、皆が戦い抜いた仲間たちなのだ。
「行こう、祖国の子供たち、
栄光の日は来《きた》り、
我らに向けて、暴君の、
血染めの旗が掲げられたぞ、
血染めの旗が掲げられたぞ、
君には聞こえないというのか、
残忍な敵兵どもが野に吠えるのが、

どこまでもやってきて、
息子が、妻が、喉《のど》を裂かれてしまうんだぞ、
武器を取れ、市民諸君、
さあ、隊伍を組もうじゃないか、
進め、進め、
畑の畝《うね》を潤すに、
敵の汚れた血を流せ」
どうだい、レベッキさん。あんたらの歌は、すっかりパリに根付いたぜ。そう語りかけながら、デムーランは汚れた死体を手放す気になれなかった。
どこで、どうみつけたのか、あまり詳《つまび》らかな記憶はなかった。ただ戦闘中の話ではあり、本当なら足手まといにしかならないはずだった。
それでもデムーランは、同胞の身体を捨てられなかった。なんとなれば、このレベッキも息子の頭を撫《な》でて、それから出陣してくれたのだ。自分と全く同じように、未来のために戦ってくれたのだ。ああ、戦いの最中、あんたは『ラ・マルセイエーズ』そのものだった。その歌をフランス人が決して忘れてはならないように、あんたのことも絶対に手放しちゃならなかった。
「だから、レベッキさん、しゃきっとしなよ。マルセイユの根性をみせるんだろ。パリ

になんか負けちゃいられないんだろ」

デムーランの目を曇らせたのは、今度は止めどない涙だった。ぼんやりした光に導かれるまま、足は自《おの》ずとテュイルリの庭園側に向いた。

鉄柵の向こう側に、パリの群集が張りついていた。勝ったのか。勝ったんだな。口々に問われながら、特に答えるでもなかったが、顚末《てんまつ》の帰趨《きすう》は表情から察してもらったほうが、いっそう正しく伝わるように思われた。

実際、早くも駆け出す輩《やから》がいた。パリ市政庁に知らせてくらあ。特大の号外を出すからって、俺は印刷屋に発破《はっぱ》をかけてやる。それよりなにより、お祝いだよ。今夜は御馳《ごち》走《そう》なんだよ。それはいいが、母ちゃん、そんな食い物あるのか。

疲れた身体を叱咤《しった》しながら、砂場を踏破した先が調馬場《マネージュ》付属大広間だった。その扉を開け放てば、デムーランは叫ばずにはいられなかった。ああ、我々は蜂起した。すでにテュイルリ本宮殿は占拠している。

「人民の名において、我々は立法議会に要求する」

24——臨時執行評議会

「よって、内務大臣にロラン・ドゥ・ラ・プラティエール氏が決定いたしました」

議長ヴェルニョーが宣言すると、議場にさかんな拍手が起きた。

傍聴席にいたロランは、その場で起立しながら、四方に会釈を試みていた。控えめながら、手を振るような仕草もある。満場の拍手を自分への当然の期待と受け止め、身を反《そ》らすような素ぶりもない。

四カ月ほど前の初就任のときは、若干おどおどする憾《うら》みがあった。が、どうして、今では堂に入ったものではないか。

ほんの短い期間ながら、やはり閣僚を経験したことは大きかった。すぐ隣で夫の晴れ姿を見守りながら、うわべ神妙顔のロラン夫人も心のうちでは胸を撫《な》で下《お》ろしていた。

——数カ月来の念願がかなった。

とにもかくにも、ロランは大臣の椅子《いす》を取り戻すことができた。いや、本当に取り戻せたのだろうかと、今この瞬間にもロラン夫人には疑いたくなる気分がある。あれよという間に指名に進んで、やはり唐突な感は否めなかった。予定の行動、あるいは意図した結果であれば少しも慌てないのだが、ほんの数時間前の実感をいうならば、それは絶望的とも思えたのだ。

――ジロンド派は全てが裏目裏目だった。

自派の閣僚を復職させる最短の道は、ルイ十六世との連携であると、かかる認識で動いていた昨今である。これが、うまく運ばなかった。

会談を望めば応じてくれたし、密約の締結にもまんざらでない風を示すのだが、なかなか最後の詰めまでは行けなかった。王は話は聞くのだが、それでは検討しますと答えたきり、なかなか内閣改造までは踏み出してくれなかったのだ。こちらが催促すると、そんなに急《せ》かされては熟慮を欠くことになるからと、いよいよ叱《しか》られてしまうのだ。

なるほど、王に急がなければならない理由はなかった。が、ジロンド派は違う。内閣改造が暗礁に乗り上げている間に、パリで蜂起《ほうき》の動きが盛り上がった。すでに路線を変更しているからには、ジロンド派として容認できる動きではなかった。

――というより、これを放置すれば、最悪の事態に転ぶ。

蜂起の鎮圧に成功すれば、ルイ十六世は自信を深めるはずだった。そうなれば、なにもジロンド派と結ぶ必要はないと、復職要求など完全に無視するだろう。

反対に蜂起の動きが時局を制してしまうなら、今度はサン・キュロットどもが増長する。ジロンド派には必ずしも敵ではないが、専《もっぱ》らの支持基盤というわけでもない。連中のほうとしても、開戦熱に煽《あお》られた三月、四月ならまだしも、この八月の段階でジロンド派を担ぐつもりはないだろう。

――どちらに転んでも、ジロンド派の復権はない。

やることは、ひとつだった。ありとあらゆる手を尽くして、ジロンド派は不穏な活動を抑えにかかった。また実際に大半を抑えられたはずだった。

八月十日に蜂起したのは、ジロンド派の指から零《こぼ》れた、つまり本来は取るにたらない勢力である。深夜に警鐘が鳴り、朝には銃声まで響いたが、ロラン夫人は鎮圧は時間の問題だと考えていた。

また王が自信を深める。が、今回は蜂起の規模が小さい。その深め方は決して大きくはない。またルイ十六世の人気も爆発的というほどには高まらないだろう。まだ、やりようがある。ジロンド派にも立ち回りようがある。そう踏んで、あれやこれや思案しているうちに、もう昼前には聞こえてきたのだ。

暴徒がテュイルリ宮を占拠したと。その足で議会に向かい、居丈高な調子で請願をなしたと。

――万事休す。

勝利したサン・キュロットたちの要求は、立法議会の解散と国民公会《コンヴァンシオン》の召集、能動《アクティフ》市民と受動《パッシフ》市民の区別撤廃、ルイ十六世の廃位等々だった。

議会はその大半を容《い》れたが、ルイ十六世の廃位については王権の一時停止の措置に逃れ、決定的な議論は先送りされるべしと結論した。

――いずれにせよ、権力に空白が生まれる。

王権が停止されるということは、執行権の長がいなくなるということである。勢い、国家も機能しなくなるわけだが、それについてはヴァレンヌ事件の経験が生きた。国王一家がいなくなって、あのときも権力に空白が生じた。が、一七九一年六月二十一日は朝に気づくや、当時の憲法制定国民議会と大臣たちにすぐさま全権が委任されたのだ。

今回は、議会は解散が決まっている。しかし、内閣はある。

――ならば、内閣に任せるか。

何度か出入りがあったとはいえ、今も内閣はフイヤン派のものである。内閣に任せるのはよいが、その顔ぶれは一新するべきだろうというのが、議会の意思だった。

君主がいないのだから、内閣という言葉自体も奇妙だとなり、六人の大臣による臨時執行評議会が、新たに設立されることになった。この臨時執行評議会の内務大臣に抜擢《ばってき》されたのが、元職の実績を買われたロランだったのである。

財務大臣にはクラヴィエール、陸軍大臣にはセルヴァンと、ジロンド派だけではない。

派は他の二閣僚の復職も勝ち得ていた。ルイ十六世と提携する目論見《もくろみ》が外れたにもかかわらず、満願が成就していた。ほんの数時間前には絶望を強《し》いられたというのに、みたところは完全勝利といってよかった。

「引き続き法務大臣の選出に移りたいと思います」

そう告げたヴェルニョー自身が、直後に大欠伸《おおあくび》だった。ええ、急ぎましょうと促すのも道理で、もう時計の針は三時に近づきつつあった。

午後の三時でなく、午前の三時である。蜂起の兵団が議会に詰め寄せたのが十日の昼前で、それから審議が続けられて、もう日付が変わってしまったのである。

長いとは思わなかった。むしろ、あっという間に感じられた。が、それも夫のロランや、ジロンド派の復職がかかる審議の間だけで、なるほど手続き自体は確かに退屈かもしれなかった。

臨時執行評議会の大臣選抜には「指名点呼」という方式が用いられていた。議員ひとりひとりが演壇に上がり、自分が推薦したい人士の名前を告げ、そのうち最大多数を獲得した者を大臣に任命するという方式である。

その日の立法議会には、三分の一ほどの議員しか登院していなかった。それでも二百人を超える人数が、ひとりずつということになれば、かなりの時間を要してしまう。

「コンドルセ氏を推します」

そろそろと列ができて、指名点呼が始まっていた。

「私はシェイエス師を」

「ペティオン市長に兼務していただくべきだと思います」

何人か続いたあとに登壇したのが、ジロンド派の領袖《りょうしゅう》ジャック・ピエール・ブリソだった。ひょろりとした長身を折りながら、論客は拗《す》ねたような口まで突き出していた。

「ダントン氏を推します」

ざわと議会に波が立った。どうして、ダントンなのだ。蜂起の中心人物だぞ。だからじゃないのか。蜂起の自治委員会《コミューン》に圧力を加えられたということか。それにしても、どうしてブリソさんが。なんだ、知らないのか、ダントンは元々ジロンド派と近いんだぞ。しかし、六月二十日の失敗で決裂して以来、犬猿の仲だとも聞くが。

議席から傍聴席からの囁《ささや》きが、これという答えに収斂《しゅうれん》しないうちに、次のアルマン・ジャンソネが登壇した。ジャンソネもジロンド派である。

「ダントン氏を」

さらにジロンド派のイスナールが続く。

「ジョルジュ・ジャック・ダントン氏を」

あなた、とロラン夫人は夫に促した。もう三時を回りました。そろそろ家に戻りませんこと。

「しかし、おまえ、まだ全ての大臣の選抜が……」

「結果だけなら後でも聞けます。それよりも、サロンの支度をしておいたほうがよくありません。こんな日でも、いえ、こんな日だから、皆さん、うちに流れてきてくださるのではなくて」

ひとつ、にっこり微笑《ほほえ》むと、ロラン夫人は夫の返事を確かめるでもなく歩き出した。表に馬車を待たせてあり、はじめから夜道の心配があるではなかった。それでもロランは大いに慌てた様子になって、遅れず続いたようだった。

25——手打ち

ダントンは法務大臣になった。指名点呼を試みた二百八十五人のうち、二百二十二人の支持を集めて、それは圧倒的な勝利ということができた。

——つまりは手打ちができていた。

ジロンド派の議員はダントンを指名する。のみか平原派《プレーヌ》の議員たちにも働きかけて、ダントンの入閣を確実なものにする。そう事前に約束ができていればこその、圧倒的な勝利だったのである。

——もちろん、本意ではない。

とはいえ、断れる話でもなかった。ダントンだけが得をするわけではない。ひきかえにジロンド派三閣僚の復職も約束されていた。それが事前の手打ちということで、国民公会《コンヴァンシオン》の召集、王権の一時停止、臨時執行評議会の設立と、その日のうちに全てすんなり決まったのも、ダントンに持ちかけられて、それをジロンド派が呑《の》んだからだった。

「まずは乾杯」

澄んだ硝子《ガラス》の音が響いた。その縁から赤いものを口に含み、じっくりじっくり噛《か》みしめれば、それは勝利の美酒というには、いくらか苦いものだった。

いや、ボルドー酒というのは、元来がこういうものなのかもしれなかった。苦いというより、むしろ渋い。それも味わいとして楽しめるなら、語らいようもあるだろう。

実際、いつもながらのサロンに集うジロンド派は、決して落ちこんでいるわけではなかった。持ち前の明るさを失っているでもなくて、現にブリソが始めていた。

「なに、ダントンも身の程をわきまえていたということさ」

一面の実相ではあった。ダントンは確かに蜂起《ほうき》の首謀者である。スイス傭兵を相手に銃撃戦を演じたパリのサン・キュロットたち、さらにマルセイユ、ブレストの連盟兵から、今やサンテールが司令官に就いているからには、パリ国民衛兵隊までがダントンの味方だ。

それらの圧力で、立法議会は数々の決議を強《し》いられた。が、それにしても国民公会の召集などという、自らの解散を前提にした、いわば自己否定の決議まで通したのだ。

本当なら十日の議事は、もっと紛糾《ふんきゅう》するはずだった。午前三時すぎまでかかったとはいえ、その日のうちに結論が出るという運びは、常識的には考えられないものなのだ。

全て丸く収まるどころか、立法議会と、蜂起の兵団あるいはパリ市政を握る蜂起の自治委員会の抗争という、新たな対立の図式も生まれかねなかった。

なんとなれば、議場には王がいた。この執行権の体現者を切り札に用いれば、議会は政局の主導権をかけた戦いを、演じて演じられないではなかったのだ。

——そこでダントンが囁《ささや》いた。

俺たち単独じゃあ、政権を運営できねえ。あんたらの力を貸してもらえると、ありがてえ。言い方は、こちらの自尊心をくすぐるものでもあった。ああ、ダントンは身の程をわきまえているよと、かくて手打ちが成立し、ジロンド派は王を捨て、また立法議会まで捨てた。

「我々の政権といってよいでしょう」

と、ヴェルニョーが続いた。まあ、ダントンには法務大臣のポストで大喜びしてもらえばいい。

「三閣僚を擁して、ジロンド派の優位は動きませんよ」

それも間違いではない、とロラン夫人は思う。異論がなければ、勢いづくのがガデだった。

「いや、五閣僚だよ。海軍大臣モンジュ、外務大臣のルブラン、ともにジロンド派の息がかかった人間なわけだからね」

それまた言いすぎというわけではない。

モンジュは元が高名な数学者である。学者畑ということは、フランス学士院の重鎮、「最後の百科全書派」とも呼ばれるコンドルセが推してきた人物なのである。

コンドルセ自身がジロンド派のなかのジロンド派というほど党派色が強いわけではないが、だからといって敵対しているわけでもない。

外務大臣のルブランについていえば、元が新聞稼業というブリソの旧友であり、あのデュムーリエの下で秘書をしていたこともあるというからには、まずはジロンド派といって差し支えなかった。

――六大臣のうち五大臣までがジロンド派。

それは圧倒的な結果だった。断片的な情報しか伝わらない地方では、八月十日はジロンド派の勝利としかみえないはずであり、実際そう受け止められること請け合いだった。ということは、国民公会の選挙でも、ジロンド派議員の当選を多くみこめる。なるほど、ダントンひとりであるならば、ジロンド派の独壇場とさえいえる。

「しかし、向こうには蜂起の自治委員会がついているよ」

介入したのは、ペティオンだった。いくらか憔悴《しょうすい》した顔になっているのは、引き続きパリ市長たることを認められたとはいえ、もはやパリ市政庁の中身が別物になっていたからである。

すなわち、八月十日に不意に姿を現した蜂起の自治委員会のことであり、その勢いは確かに侮ることができなかった。ダントンに復権を許した組織であれば、土台が看過できるはずがない。が、それだけなら怖くないとも、なおロラン夫人は思うのだ。政権内に二派閥ができるだけだからだ。一方にジロンド派に後押しされる三閣僚、他方に蜂起の自治委員会を味方につけたダントン、この図式なら双方で単に綱引きをすればよいだけの話だ。

奇妙な言い方になるが、ダントンが怖いのは今やパリの第一人者でないからだった。

——やはりロベスピエールが出てきた。

八月十日夕、小男はいつもと変わらぬ時間に、サン・トノレ通りの下宿から同じサン・トノレ通りのジャコバン・クラブに移動した。

平然と演説も試みて、まるでなにもなかったかのようだった。が、この界隈《かいわい》に籠《こも》りきりで、本当になにも知らないのかと思いきや、そういうわけでもなかった。

「一七八九年、パリの人民は無我夢中で起《た》ち上がりました。自由を手に入れるという意識より、宮廷からの攻撃をはねかえさなければならない、古き専制主義から逃れたいという意識のほうが、むしろ強かったことでしょう。自由、それは今日なお混乱しがちな観念です。ましてや諸々《もろもろ》の原理など周知されているわけではありませんでした。

一七九二年は違います。人民は侵された自由を基礎づけている法律に異議を唱え、あるいは永遠に消しえない人間の諸権利を、またもや踏みにじろうとした不実な代表者たちに報復せんがため、己の勇気を奮い起こして起ち上がったのです。最初の代表者たちにより三年前に宣言された諸原理を、行動に結びつけたともいえます。自らに認められた主権を行使し、自らの安全と幸福を確保するために、自らの力と正義を動かしたのです。

一七八九年には、人民は有力者と呼ばれる輩《やから》、同時に政府側でも力を振るえたような一派に助けられました。これが一七九二年になると、人民は進むべき道を選択するに際しても、その道を歩むべく力を振るうに際しても、自前でなす術《すべ》を見出《みいだ》したのです。あげくに正義と、平等と、理性とを、敵の手から独力で守り通したのです。ゆえにパリの人民はフランスに偉大な手本を示したと、そういうに留《とど》まりません。すでにしてフランス人民が、一緒に起ち上がっていたといえるのです」

演説は夕《ゆうべ》のジャコバン・クラブを、ほとんど熱狂させてしまった。

一七九二年八月十日の出来事は、早くも歴史の金字塔になっていた。一七八九年七月十四日に比肩《ひけん》されて、のみならず、より良く、より優《すぐ》れ、より純化したもののように謳《うた》い上げられた。その言葉の綺羅《きら》は、今なおテュイルリ宮の前庭に残る、べっとりと濡《ぬ》れた血糊《ちのり》の汚れさえ、跡形もなく洗い流したようだった。

弁舌の冴《さ》えには戦慄《せんりつ》を禁じえないかたわら、ロラン夫人には唾棄《だき》したい気分もあった。あるいは腹を立てる以前に、首を傾《かし》げてしまったというべきか。

——全体どういう神経をしているの。

八月十日までのロベスピエールといえば、ただ下宿で震えていた。暗殺未遂に震え上がって、数日というもの一歩も外に出られずにいた。そんな情けない人間が、即日どうして人前に出られるのか。単に姿を現すだけでなく、どうして堂々と演説を打《ぶ》てるのか。安全なところで、ぬくぬく草稿でも書いていたというのか。なるほど筆は進んだに違いないが、自分は一切の危険から逃げておきながら、なお自分の手柄のように誇る気になれるのか。

——男なら普通は恥ずかしいでしょうに。

小男の神経を疑い、その人間性を非難したところで、なにが変わるものでもなかった。

八月十日の顚末《てんまつ》といえば、蜂起の自治委員会は新たに市政評議会を設けることになった。パリ四十八街区《セクシオン》から六人ずつ、全部で二百八十八人の評議員を選ぶことで、市政評議会、つまりは従来の市議会に相当する代表機関を組織しようという構想である。

街区総会の開催だの、街区代表理事の選抜だの、数日というもの活動が高まっていただけに、街区の対応も早かった。その日のうちに評議員の選出が始まったくらいだったが、ヴァンドーム広場の街区が選出した評議員が、マクシミリヤン・ロベスピエールだったのだ。

すでにしてロベスピエールは、蜂起の自治委員会の正式な一員だった。歓喜したのが、かねて贔屓《ひいき》のパリの民衆なのであり、ロベスピエールの演説が熱狂的な支持を集めたのも、新しいパリの指導者という掛け声が早くも上がっていたからなのだ。

——自分は動いたわけでもないのに……。

民衆は、さほど気にしないようだった。行動なら自分たちでもできる。できないのは、その正しさを言葉に置き換えることだ。ロベスピエールは、これまでも言葉をくれた。これからも言葉をくれるに違いない。それくらいの論法で、ことのほか気にならないのかもしれなかった。

もとより、漁夫の利のロベスピエールに腹を立てても仕方がない。問題は蜂起の自治委員会がロベスピエールの奉戴《ほうたい》を好み、相対的にダントンの手を離れつつあることだった。

これがジロンド派といがみあえば、両者を仲介しうるのはダントンだけということになる。端的にいえば、ブリソにも顔が利き、ロベスピエールとも話せるダントンこそ、政局という扇の要《かなめ》になっている。それゆえに臨時執行評議会の事実上の首班であり、かかるダントンには誰も逆らうことができないのである。

——あんな男に牛耳《ぎゅうじ》られて……。

ロラン夫人は歯噛みしないでいられなかった。うまく考えたものだわと、今度ばかりは敗北を認めるしかないようだった。六月二十日の失敗を一人で背負う格好になりながら、それを撥《は》ね返し、見事な逆転を演じてみせたというのだから、好き嫌いは別として、あのダントンは確かに大した男なのだ。

——ただ、このままでは終わらせない。

胸奥に報復の言葉を誓えば、さほど困難な仕事とも思われなかった。晴れの地位も、あくまで臨時執行評議会のものだからだ。ダントンが法務大臣でいられるのは、恐らくは議員の選挙が行われて国民公会が開幕するまで、とすると、ほんの二カ月足らずの間だけなのだ。

——いつまでも権力の座に留《とど》まれるわけではない。

それをいうなら、またロランが内務大臣でいられるのも、ほんの二カ月足らずだった。が、それについてはロラン夫人は、もっと先があると信じて疑わなかった。でなければ、明日から始める引越準備が虚《むな》しくなる。せっかく内務大臣官邸に戻れるというのに、またぞろ仮住まいというのでは報われないわと、そこはどうでも譲れなかった。

26——勝利

「親愛なる父上
八月十日の顚末《てんまつ》については、もう新聞で御存じだと思います。あとは僕自身のことをお知らせするだけですね。まず親友のダントンですが、大砲のおかげで法務大臣になりました。あの流血の日というのは、わけても僕ら二人にしてみれば、ともに政治家として浮揚するか、ともに罪人として吊《つ》るされるか、そのどちらかに転ぶしかないものでした。それが、こうなったというわけなんです。
今や僕はラモワニョン宮殿にいる身です。ということは、おまえはどうにもならない、といったあなたの予言は、外れてしまったことになります。僕は僕のような出自から上っていける、おおよそ最高という地位まで来てしまったのです。
増長しているわけじゃありません。それどころか、僕は十年前より謙虚なくらいです。想像力や、情熱や、才能や、愛国心や、そうした人間の美質のあるなしからするならば、僕なんか無意味でしかありません。感じやすさとか、人間としての道徳だとか、同胞に寄せられるべき愛情だとかと、ごっちゃに考えていればこそ勘違いもできたのですが、それらも今や歳月が凍りつかせてしまいました。

とはいえ、子としての愛情は冷めていません。あなたの息子は法務省書記官長、世に国璽尚書《こくじしょうしょ》と呼ばれるものになりました。それが間違いない事実だということ、あなたにも早くおみせしたいなあ。

思うに、八月十日の革命で自由は確たる基盤を得ました。あとは自由に加えるところの、幸福と繁栄をフランスにもたらすのみです。それこそ睡眠を削ってまで、僕が追い求めている価値なのです。

法務省書記官長カミーユ・デムーラン」

無造作に署名を入れるや、急いだ手つきで乱暴に折り畳み、蠟《ろう》を垂らすのも面倒くさげに封をしてから、デムーランは壁際に控える男に手紙を渡した。

「出しておいてくれ」

ぞんざいに命じた相手は、法務省の高級官僚だった。いいかえれば、人を人とも思わないような、冷たい目をした役人だ。

つい先日までなら声もかけられなかった。またかけても無視されたに違いなかった。

そういう男に頭ごなしの命令を残しながら、今やデムーランは振り返りもしないのだ。ああ、気を遣う筋ではない。僕のほうが上役なんだ。これは増長でなく、組織の論理だ。

「わかっていると思うが、くれぐれも浮かれるなよ」

逆らえない上司に、デムーランも釘《くぎ》を刺されていた。いうまでもなく、ダントンのことだ。この親友が法務大臣に就任した八月十日、より正確には十一日の未明から、ついつい勘違いしてしまうくらい、まさに世界が一変したことは事実だった。

法務大臣ダントンは、自らの側近となるべき省の幹部を、コルドリエ街の仲間のなかから選んでいた。なかんずく枢要《すうよう》なポストが「法務省書記官長」で、ひとりがコルドリエ街の陽気な劇作家、ファーブル・デグランティーヌだった。これが俗にいう「財務尚書」の役を担う。もうひとりが「国璽尚書」の書記官長で、こちらに登用されたのがパレ・ロワイヤルの英雄、カミーユ・デムーランだったのである。

二人は法務大臣の左右の腕のようなものだった。形式上の話をしても、事務方の最高ポストということになる。逆らえる官僚など、法務省にはひとりもいない。それほどの高官になったからといって、デムーランに増長するつもりはなかったのだ。

少なくとも、増長してはならないのだと自戒はあった。

――だいいちに栄達を遂げたのとは違う。

ダントンからして、いつ法務大臣を失職するかわからなかった。というより、在職は恐らく、臨時執行評議会がフランスの行政を司《つかさど》る間だけである。大臣がそうであれば、ましてや配下の書記官長など、ほんの臨時職でしかないといえた。

地位に胡坐《あぐら》をかいた増長など、しているような暇もない。わかっている。それは重々わかっている。にもかかわらず、デムーランには嫌みを承知のうえで、高飛車な態度を取りたくなるときがあるのだ。ああ、なにが悪い。

――だって、僕らは勝ったんだ。

内心癪《しゃく》に感じていながら、それでも黙して従う役人どもの忍従を目撃するたび、デムーランは自分の勝利を確かめられたような気になる。下らないとは思いながら、それでも痛快は痛快なので、容易に止《や》めることができない。

赤ん坊に意味などわかるはずがないとは思いながら、できることなら息子のみている目の前で、傲岸不遜《ごうがんふそん》な役人どもを平伏させたいと、そうまで思うことがある。ああ、オラース、父さんは勝ったんだよと。おまえのためにフランスの未来を拓《ひら》いたんだよと。

報いられて、然《しか》るべきだった。といって、地位が欲しいとか、金が欲しいとか、デムーランも即物的な願望を並べようとは思わない。それでも、せめて胸くらいは張りたかったのだ。

理想を失うことなく、奮闘を続けた。弾圧されても、めげなかった。家族の安全を不断に案じ、また自らは命の危険に曝《さら》されながら、それでも不正義の横行を看過しなかった。だから、デムーランは思うのだ。これだけ頑張ってきたのだから、もうコソコソしなくたっていいじゃないかと。お天道様《てんとさま》の下を堂々と歩きながら、己の仕事を誇ってもいいじゃないかと。

「いいや、本当の大仕事は、これからの話だぜ」

ダントンには、そうも念を押されていた。ああ、八月十日で終わりじゃない。あんなもの、ほんの始まりにすぎない。なんとか形ばかりはつけたが、政権は不安定そのものだ。どいつもこいつも勝手ばかりで、はっきりいえば困難な政局だ。

「その舵取《かじと》りを今度は俺たちがしていかなけりゃならない」

その難しさについても、デムーランなりに理解しているつもりだった。従前とは立ち位置からして、別物になっている。これからは与党として、主体的に政治を展開していかなければならない。

これまでは外野から声を張り上げ、誰かを責めていればよかった。八月十日の蜂起《ほうき》さえ誰かを倒しただけであり、なにか問題を解決したわけでもなければ、自ら主体的にフランスを運営したわけでもない。そう謙虚に自省するなら、これからの政治では全体なにを心がけるべきなのか。

自分なりに考えて、デムーランは課題を立てようとも努めていた。

——一七八九年七月十四日に比肩《ひけん》するというけれど……。

一七九二年八月十日には明らかに足りないものがある。いうまでもなく、諸層の融和と団結だ。

ブルジョワの横暴を許すまいと、サン・キュロット中心で試みた決起であれば、融和と団結が損なわれるのは無理からぬ話ではあった。が、三年前には総決起を実現したと自負があるだけ、デムーランは今も問わずにいられなかった。

このまま反目の図式が続くことは、果たして理想的なのかと。一七八九年七月十四日という、「第三身分」が金持ちも貧乏人もなく、まさに一枚岩となった奇蹟《きせき》の瞬間には、永遠に及ばないことにはなるまいかと。

もちろん、一七八九年は無条件の手本ではない。それが証拠に七月十四日から日がたつほど、諸層の融和と団結は崩れてしまった。

今日に至るブルジョワの優勢も、すぐに端緒が認められる。連中はみるみる唯我独尊の態度を強めた。その暴走を食い止めようとしたのが他でもない、亡きミラボー伯爵だった。

ミラボーは王という重石《おもし》を使うことで、諸層の均衡を保とうとした。新たな貴族になられてたまるものかと、ブルジョワ議員たちを抑えて、市民という新しい存在に一枚岩の実質を与えようとした。

しかし、その試みは無残にも頓挫《とんざ》した。志半ばにして、ミラボーが死んでしまったからだ。

――ために、混乱が生じた。

まっさきに王家が我を失った。ヴァレンヌ事件がフランスの運命を狂わせた。認めまいとして、フイヤン派が常軌を逸した。シャン・ドゥ・マルスの虐殺で、ブルジョワとサン・キュロットの間に決定的な亀裂を生じさせた。戦争という禁断の媚薬《びやく》を用いたジロンド派とて、その亀裂は修復できなかった。あげく起こるべくして起きたのが、八月十日の蜂起だったのだ。

同じ日付をもって、王権は停止された。あくまで一時停止であり、永続的な措置とするには憲法改正が必要だとして、決定的な処遇こそ先送りされている。が、新たな国民公会《コンヴァンシオン》で新たな議論を尽くしたところで、共和政の樹立という線は間違いないと、それがデムーランの観察だった。

実際のところ、八月十一日には右派の新聞発行が禁じられた。続く数日で王党派が、ごっそり亡命していった。十四日にはパリの蜂起の自治委員会が、王の名前を執行権者の名簿から削除するよう要求、それを容《い》れた議会は十五日、全ての公文書から王の名前を抹消することを決めた。

向後《こうご》、裁判と立法とは国民の名のみにおいて行われると、そう唱えたのがジャンソネである。デュコは議場からルイ十六世の肖像画を外し、かわりに人権宣言を張り出そうと提案した。二十二日にはカンボンが、「人民はもはや王政を望んでいない」と大胆な発言に及んだ。穏健なジロンド派ですら、こうなのだ。

——どう考えても、王政の復活はない。

とすると、ブルジョワとサン・キュロットの融和と団結を図るのに、今度は王なしでやらなければならない。

その困難を覚悟しながら、なおデムーランには楽観の気分があった。ああ、それもダントンならできる。僕だって、助けになれる。

27――舵取り

今まさに暴走せんとする気配があるのは、明らかにサン・キュロットのほうだった。

きっかけは、まっすぐな怒りだった。

八月十日の戦闘で、蜂起《ほうき》の兵団から千人の犠牲者が出た。その復讐《ふくしゅう》を果たさずにおくものかと、パリの人々は第一にスイス傭兵を標的にした。勝敗が決した即日から、人殺しを野放しにしておくものかと、問答無用の追跡にかかったのだ。

スイス傭兵はといえば、多くがテュイルリ宮殿調馬場《マネージュ》付属大広間に逃げこんだ。立法議会は正式な裁判にかけると約束して、人々の怒りを鎮めようとしたが、これがかえって火に油を注ぐ形になったのだ。

十一日、国民衛兵隊司令官サンテールは、大至急スイス傭兵を裁くべし、さもなくばパリの治安に責任を負いかねる、逆上する人民は爆発寸前であるとして、議会に異例の通達を寄せた。

立法議会は容《い》れて、裁判を急ぐと約束するしかなかったが、押し寄せる人々は、急ぐのでは足りない、今すぐでなければならないと、即決の審議を求めた。

仲裁に乗り出したのが、人気回復を狙《ねら》うパリ市長ペティオンだった。この際だからスイス傭兵だけでなく、ありとあらゆる革命の敵を罰したらどうか、そのために多少の時間は要しても、「非常裁判所」を設置するべきではないかと、言葉巧みに説得した。

同案は八月十四日の議会で可決もされた。事態は収拾するようにもみえたが、そこで立ち止まるサン・キュロットではなかったのだ。

パリ市政庁を牛耳《ぎゅうじ》る蜂起の自治委員会が、組織化を進めて、いよいよ本格的な始動だった。エベール、ショーメット、ビヨー・ヴァレンヌ、なかんずく指導者格として躍進したのがロベスピエールだった。

蜂起の自治委員会を代表して立法議会に乗りこむ十五日までに、ロベスピエールは従前の要求をさらに高じさせていた。八月十日にパリで行われた犯罪だけでなく、フランス全土で犯された同種の犯罪も管轄するべし。ラ・ファイエットの断罪が図られるべし。裁判所は各街区《セクシオン》から任命された委員で組織されるべし。裁判は控訴なしで結審するべし。

そうまで要求したあげくに、十七日になって新たに提案されたのが、判事も、陪審員も、パリ諸街区で選出されるという、「特別裁判所」の設置だった。

「パリのサン・キュロット、あるいは蜂起の自治委員会の増長は目に余る」

そうやって、さすがに反感を隠さない議員もいた。それでも全体としての立法議会は、特別裁判所の設置を可決した。判事も、陪審員も、パリ諸街区で選出されるという異例の、ほとんど非常識ともいうべき司法が実現してしまった。

このとき裁判長就任を求められながら、ロベスピエールは固辞した。その理由というのが、次のようなものだった。

「政治犯のほとんどが、私の敵といってよい人物です。私は原告になるでしょう。ならば、同時に判事となることはかないますまい」

固辞の口実とばかりはいえなかった。

暴走というならば、サン・キュロットは同じように議会に圧力をかけることで、すでに十五日にはアントワーヌ・バルナーヴ、アドリアン・デュポール、アレクサンドル・ドゥ・ラメット、つまりは三頭派の逮捕命令を出させていた。

報復の刃《やいば》はタルベ、デュポルタイユ、モルヴィルといった、かつての大臣たちにも向けられた。その時点で次は自分と覚悟したらしく、十九日、前線のラ・ファイエットは国境を越え、オーストリアに亡命を決めてしまった。

同じ十九日には、パリ国民衛兵隊が新しく編成されなおした。パリの四十八街区ごとに組織されて、もちろん入隊審査に能動市民《アクティフ》、受動市民《パッシフ》の区別はない。いや、あえて物差をあてるなら、ブルジョワよりサン・キュロット主体の組織に一変している。

——その勢いたるや、もはや手をつけられない……。

そうもみえる民衆を、新しい政府は抑えなければならなかった。きっと抑えられるだろうと、その困難さえデムーランは楽観していたのだ。

楽観するだけの理由もある。パリに蜂起の自治委員会を設立したのは、誰でもない僕らなのだ。そもそも今日の地位があるのは、サン・キュロットに支持されたからなのだ。裏を返せば、僕らのいうことにならら、耳を傾けてもらえる。ブルジョワとの均衡を図れるとすれば、僕らが間に入ったときだけだ。

八月二十七日になっていた。ヴァンドーム広場の法務省を出ると、デムーランはテュイルリ宮の庭園に進んだ。

夏の陽に眩《まぶ》しいような芝生の緑を踏みながら、それも単に横ぎっただけだった。抜けたところが、光るくらいに感じられる白石で造られたセーヌ河の堤防だった。

河岸をいくらか東に進み、カルーゼル橋から左岸に渡り、デムーランが目指していたのはアルトワ通りのサン・ジュリアン館、つまりは外務省の建物だった。

時計でいえば夕刻だったが、まだまだ太陽は衰えなかった。やや赤みがかるほど、かえって漆黒《しっこく》の勢いを増すばかりの影絵も、石盤の照り返しを塗りつぶすほどだった。

サン・ジュリアン館の中庭には、すでに人が集まっていた。どこか広間で大卓を囲むわけでもないというのは、あくまで砕けた非公式の会合だからだった。

「やあ、ダントン。やあ、ファーブル・デグランティーヌ」

すまない。手紙を書いていて、遅れた。そう仲間に断りながら、デムーランも輪の一員になった。

加わってみると、外務大臣ルブランを皮切りに、内務大臣ロラン、財務大臣クラヴィエール、陸軍大臣セルヴァン、海軍大臣モンジュ、そして法務大臣ダントンにいたるまで、六大臣は全て顔を揃《そろ》えていた。

それぞれ側近を従えているので、砕けた非公式の会合とはいえ、官邸筋だけで二十人は下らなかった。さらに有力議員も何人か呼ばれたようで、全部で三十人ほどが集まっていた。その中央で話しているのが恐らく、ダントンが招聘《しょうへい》を働きかけたという、噂《うわさ》のケルサン伯爵だった。

五十歳の伯爵は、いかにもという華やかさのある貴族の生き残りだった。海軍一家に生まれて、自身も一七八二年には戦艦の艦長に任じられたケルサンは、その線でルイ十六世の気に入りでもあった。

かたわら、いわゆる開明派貴族の顔も有した。早くから啓蒙《けいもう》主義に傾倒し、ヴォルテールやモンテスキューはじめ、パリの文化人たちとも活発な親交があった。

大学者コンドルセ、金に飽かせた支援で知られる銀行家クラヴィエール、そして駆け出しの新人作家ブリソと、今やジロンド派と呼ばれている政治家たちとも、革命前から親しかったという。

もともと議員だったわけではない。全国三部会に席を占めたわけでもない。とはいえ、ケルサンは政治と無縁というのでもなかった。憲法制定国民議会で海軍委員会が設けられるや、その畑の専門家として一七八九年のうちに招聘され、以来政界の近辺に居続けたのだ。

ジャコバン・クラブに所属しながら、一七八九年クラブにも入会し、いったんフイヤン・クラブに転向したものの、またジャコバン・クラブに戻りと動きながら、この四月二日には免職議員モンヌロンの補欠選挙に出馬して当選、パリ管区選出の議員となり、とうとう立法議会に議席を占めた。

そのケルサン議員が、アルデンヌ地方に派遣されていた。八月十日のパリの動きに批判的な地方であるがゆえは、アントネル、ペラルディら同僚議員と一緒に現地入りして、地方当局に説明と指導を行うのが任務だったが、そうして訪ねたスダンから先般、パリに戻ってきたばかりだというのだ。

であれば、その話には耳を傾けざるをえなかった。スダンは国境の街だからだ。間近で見てきた戦場の実際を、少しでも多く聞き出したいからだ。いや、皆さんが聞きたい話など、残念ながらできません。ええ、いよいよもって敗色が濃厚です。

「八月二十三日には、ロンウィが陥落してしまいました」

ケルサンに改められるまでもなく、衝撃の報はデムーランも耳にしていた。オーストリア憎しで始められたような戦争も、いざ始まれば強いのはプロイセンだった。

八月十九日、プロイセン軍は遂《つい》に国境を越えた。亡命貴族の反攻もあり、フランスの北部方面軍は、あえなく撤退させられた。

取り残されたのがロンウィとその守備隊であり、友軍の救援も得られないまま、二十日からプロイセン軍の包囲に曝《さら》されていた。それが二十三日、十五時間連続と伝えられる猛烈な砲撃にさらされて、とうとう降参してしまったのだ。

敗戦の第一報がパリに届けられたのは、昨日二十六日のことである。危機感は一気に高まった。戦場から続報が入るならば、なんであれ聞かないわけにはいかなかった。

「プロイセン軍は進軍を続けています。その進路から推して、次なる標的は恐らくヴェルダンになるでしょう」

と、ケルサン伯爵は続けた。ロランが奇妙に高い声で繰り返した。

「ヴェルダンと。それは本当なのですか」

「残念ながら、ええ、内務大臣閣下」

「ヴェルダンは持ちこたえられそうかね」

「要塞《ようさい》総督ボールペール閣下は、噂にたがわぬ真実の愛国者であられます。ところが、私どもがわざわざ派遣されていた地方なわけですから……」

「王党派が強いと」

「ええ、そうなのです、セルヴァン陸軍大臣閣下。パリからの亡命者も続々と流れています。勢いを増すばかりの王党派が、市内に内紛を誘発するは必定《ひつじょう》、私が耳にしたところではボールペール総督の暗殺計画まで立てられたとか、立てられないとか」

「それでは抗戦どころでないではないか」

「悲しい話ながら、ええ、ロラン閣下、プロイセン軍が包囲を完了してしまえば、その時点でヴェルダン降伏は、もはや秒読みの段階かと」

「馬鹿な、馬鹿な。ヴェルダンが落ちてしまえば、もうパリは裸同然だぞ。ブラウンシュヴァイク将軍は二週間しないうちに、ここまでやってきてしまうというのか」

中庭の周囲を固める壁に響いて、いよいよロランの声は耳ざわりだった。デムーランが共感できないというのは、どこかずれた印象も否めなかったからである。

——あるいは僕のほうが的外れなのか。

ついつい心に零《こぼ》した感想はといえば、我ながら確かに惚《とぼ》けたものだった。ああ、そういえば、敵は外にもいたんだっけ。フランスは戦争をしていたんだっけ。

八月十日の蜂起は、いうまでもなく内政上の事件である。あとのパリではサン・キュロットと蜂起の自治委員会が、急激というくらいの勢いで力を増した。これらの動きに目を奪われ、ついつい意識の外になるが、フランスが外国を相手に戦争しているという現実は、厳然としてあり続けていた。

なんの変わりもないどころか、いよいよ深刻な様相を露《あらわ》にして、この国の舵《かじ》を取ろうとするものに危急の対応を迫ろうとしているのだ。

——それにしても……。

と、デムーランは思う。またロランの考えも突飛にすぎるのではないか。

28——パリを逃れる

「もはやパリ脱出しかありませんな」

それが内務大臣の提案だった。ええ、国庫と国王を伴いながら、我ら臨時執行評議会はトゥールかブロワに移動しましょう。ロワール河の向こうであれば、とりあえず戦場からは隔絶されることになります。仮にパリがプロイセン軍に占領されてしまっても、フランスという国の運営が麻痺《まひ》してしまうわけではない。

あるいは大胆な英断なのかもしれない。そうは思いながら、かたわらでデムーランは、ひっかかりを覚えないでもなかった。

国庫はわかるとして、どうして国王などを連れていかなくてはならないのだ。もはや執行権の長ではない。個人的には裁きを待つばかりの虜囚に等しいと考えている。なのに、トゥールだの、ブロワだのにまで連れていかなくてはならないなどと、ルイ十六世は今なおフランスの心臓であり、失うべからざる宝物なのだと、そういわんばかりではないか。

――ジロンド派は立憲王政を護持するのか。

いや、まさかと思いながら、なおデムーランが勘ぐりたくなるというのは、ジロンド派には不穏な噂《うわさ》も立たないではなかったからだ。

すなわち、ルイ十六世の廃位には応じるとして、そのまま共和政に移行するのでなく、王太子を即位させるなり、イギリスの親王を擁立するなりすることで、あくまで体制の護持に執着するのではないかと。

「ブラウンシュヴァイク将軍をフランス王に」

そんな声も聞こえてこないではなかったな。ほんの冗談だったにしても、ひどいな。デムーランとしては舌打ちさえ禁じえないのに、ロランの話は進められてしまうのだ。

「政府の安全さえ確保してしまえば、そこからプロイセンとの交渉に入ることもできますからな」

「ええ、パリと一緒に我々まで倒れてしまえば、フランスには和平を調印する人間もいないことになる」

賛意を示したのは、財務大臣クラヴィエールと陸軍大臣セルヴァンだった。あらためて断るまでもなく、二人ともジロンド派の閣僚だ。

仲間のロランを支持するのは当然だったが、かかる理屈を認めるほど、デムーランは無関心の傍観者ではいられなくなってきた。ああ、たちまちにして腸《はらわた》が煮え繰りかえる。そもそもは、君ら、ジロンド派が始めた戦争じゃないか。パリまで危機に曝《さら》された今にして、自分たちだけ安全なトゥールかブロワに移動したいは、ないのじゃないか。開戦しかない、開戦しかないと、無謀を承知で始めたくせに、敗戦続きを余儀なくされるや、敵に和平を働きかけて、さっさと戦争を終わらせようというような理屈にも、やはり憤然とせざるをえない。

形のうえでは和平でも、それでは事実上の敗戦になるからだ。ブラウンシュヴァイク将軍にフランスの王位を与えるではないが、そのとき祖国は外国に蹂躙《じゅうりん》されてしまうのだ。

「馬鹿いってもらっちゃ困るぜ」

反論も出始めた。当然ながら、我らがダントンの発言だ。ああ、俺あ、パリを離れる気なんかねえぜ。

「なんせ、シャンパーニュの田舎《いなか》から、御袋《おふくろ》を上京させたばかりだからな」

あんな年寄りに、またぞろ長旅を強《し》いる気になんかなれねえからな。そう続けて、ダントンは話の輪のあちらこちらに、小さな笑いさえ招いた。

デムーランにしても苦笑を禁じえないのは、老母をパリに引き取ったのは事実として、ダントンには格別親孝行の素ぶりもないからだった。

——御袋よりも金袋。

シャンパーニュの田舎から上京させたのは、預けていた金子《きんす》のほうなんじゃないか。そう心で茶化したものの、財務担当のファーブル・デグランティーヌでもないならば、本当のところは知れない。追及は僕の手に余るなと、苦笑を重ねかけたところで、デムーランはハッとさせられた。

ダントンが続けていた。

「二人の子供もパリにいる」

「…………」

「ああ、俺は逃げたくねえ。プロイセンの軍隊がパリに入城するってんなら、ここで家族と一緒に死ぬほうがいい」

それはデムーランにしても、全く同じ気持ちだった。ああ、息子のオラースはパリにいる。妻のリュシルと一緒にいる。家族を巻きこんでいるのは、もう覚悟を決めているからだ。優柔不断に卑《いや》しい保身を図るのでなく、決然として行動し、自ら未来を切り拓《ひら》くのだという選択は、すでに八月十日の時点でなされているのだ。

「なんとなれば、もう戦争を止《や》めるわけにはいかないからな」

ダントンはさらに話を別に転じた。ああ、ジロンド派が躍起に開戦を論じた頃のように、フランスが立憲王政の線で動かないっていうんなら、まだしも止められたかもしれねえ。

「ところが、今やフランスは共和政を選び取ろうとしてるんだ。これを王政の国が認めるわけがねえ。自分の国まで共和政にされたくないとなれば、フランスを徹底的に叩《たた》きにかかる。共和政になれば、革命戦争こそ必然なのさ」

「しかし、ダントン法務大臣、現実をみるならば……」

「やはり王政を護持するべきだと、そういう御説か、ロラン内務大臣」

「いや、そうはいっていない」

「だったら、共和政でいいんだな」

「だから、王政か、共和政か、それは今後の議論次第だろう。憲法改正の必要さえ生じるからには、この場で軽々しく決めつけられた話じゃない」

「個人の考えとしては、どうなんだ、ロラン内務大臣」

「それは問題じゃないよ、ダントン法務大臣」

「そうかな」

「だろう」

「まあ、いい。ただ、それだったらロラン内務大臣、なおのこと逃げ出しの話はやめたほうがいい。今の話が民衆の耳に入ることを恐れたほうがいい」

そう切り返されて、いったんロランは口を噤《つぐ》んだ。苦い塊《かたまり》をぐっと呑《の》みこむような顔をしてから、また悲鳴を思わせる声で続けた。だから、無理だよ。国の舵取《かじと》りをするなんて、もとからパリでは無理なんだよ。

「無政府主義者の郎党は、なにかと圧力をかけてくる。これじゃあ、やっていけるわけがない」

ロランがいう「無政府主義者」とは、誰より先にロベスピエールのことだった。

この小男を指導者とする、サン・キュロットと蜂起《ほうき》の自治委員会《コミューン》の台頭を、ジロンド派は歓迎していなかった。独裁者たらんとする野心があるとして、ロベスピエールを告発しようとしたほどだ。ロベスピエールが特別裁判所の裁判長就任を固辞したのも、ひとつには、野心、野心と悪意の誹謗中傷《ひぼうちゅうしょう》にさらされたくなかったからなのだ。

厄介なのは、かかるジロンド派の動きを、ブルジョワが支持しているからだった。

――やはり、内政の話にならざるをえない。

サン・キュロットの攻勢には、金満家たちも手を拱《こまね》いていたわけではなかった。パリにはいくつかブルジョワ優位の街区もあるが、それらは蜂起の自治委員会から代表を引き揚げさせていた。

パリばかり凝視する目を全国に向けるなら、サン・キュロットとブルジョワの闘争は、パリと地方の闘争にも転化しつつあった。

蜂起の自治委員会がしばしば圧力をかける立法議会は、パリ代表だけで成るわけでも、パリのことだけを話し合うわけでもないからだ。にもかかわらず、パリが全てを勝手に動かそうとしている。フランスの一自治体にすぎないものが、諸地方の利害など無視している。その態度は僭越《せんえつ》であり、傲慢でもある。

――パリの子分になった覚えはないと、それが諸県の声だ。

今日二十七日の議会で明らかにされたところ、実際コート・デュ・ノール県などは他県に働きかけながら、議会の地方移転を根回ししていた。いうまでもなく、地方にいけば、パリの猛威を逃れられる。ジロンド派を支持してくれるブルジョワも強い。ロランの政府移転案も、その文脈で理解されるべきものだった。

――しかし、それは認められない。

ロベスピエールのみならず、ダントンにしても絶大な人気は専《もっぱ》らパリでのもので、その事情はデムーランも同じだった。こちらはこちらで、支持者もいない地方には行けないのだ。

――ジロンド派には歩み寄れない。

が、歩み寄らなければ、ダントンは政権の要《かなめ》になれない。ブルジョワとサン・キュロットの融和を図れないならば、フランスの政局はまだまだ流動的といわざるをえない。

「いずれにせよ、戦争は別な話だ。『無政府主義者』の影響を排除したいとかなんとか、ロランさん、あんたの気持ちはわかるが、どうだい。党利党略のために戦争を利用するのは、いい加減で止めにしねえか」

「…………」

「この戦争は負けられねえ。パリでも、地方でも、敗北主義で話はできんぞ」

やや沈黙をおいてから、ロランは答えた。わかった。今度だけはパリに留《とど》まることにしよう。

「そのかわりに……」

「わかっている。パリは俺が抑えてやる」

「抑えられるのか、ダントン、君に」

「俺が抑えられなかったら、そのときは万事休すさ」

29――パリを抑える

八月二十八日、臨時執行評議会の法務大臣として、ダントンは議会演説を試みた。いや、俺は人民の大臣として話す。革命の大臣として話す。そう前置きしながら始めたとき、話は国民の戦意を高揚するための、あからさまな檄《げき》であるかに思われた。

「ああ、俺たちは今日までラ・ファイエットの戦争を、つまりは嘘《うそ》の戦争ばかりをしてきた。が、これからは、いよいよ激しい戦いをやらなければならない。今こそ一丸となりながら、敵に挑みかからなければならないのだと、みな、肝に銘じてほしいのだ」

演壇が窮屈にみえるくらいの巨漢である。横に大きな、傷だらけの醜面は、それだけで迫力満点だ。話し方は朴訥《ぼくとつ》として、決して流暢《りゅうちょう》ではないけれど、ダントンは雷さながらに轟《とどろ》きわたる、ほとんど脅しつけるような大声まで持っていた。

説得力あふれる演説といえた。議席、傍聴席とも、心に火をつけられた人間は一人や二人ではないはずだった。が、親友として耳慣れているデムーランには、意外なくらいに平板に感じられた。

——というか、やっぱり、どこかで聞いたような……。

この戦争を始めるときに、ジロンド派が張り上げた言葉遣いに、どこかしら似ているような……。そう気になるならば、法務大臣の書記官長として意見できる立場である。

「今にして思えば、ジロンド派に寄りすぎたということかなあ」

「なにが、どう似てたってんだい」

そうダントンに問い返されれば、デムーランとて答えを明言できるわけではなかった。パリを抑える。パリを逃れるというジロンド派を思い止《とど》まらせるため、大見得きって約束してきたものの、これが容易な仕事ではなかった。

左右の均衡を取る。中央で扇の要《かなめ》になる。それには絶妙きわまりない手腕が必要だったのだ。

「僕の考えすぎかなあ」

もとより結果論で可否をつけるべき話でもない。ああ、ジロンド派が吹聴したような、無邪気な楽観を繰り返せるほど、簡単な戦況ではなくなってきている。その事実に即した演説であるかぎり、ダントン、連中に似ていたはずなんかないね。

「俺は下手《へた》な喜ばせなんか口にしねえぞ。つまり、こうだ。今にも船が沈もうってとき、船乗りはどうする。船を危うくするものを、どんどん海に投げ捨てるだろう。逆に船を浮かばせるものなら、客の私物であろうが、なんであろうが、躊躇《ちゅうちょ》なく使うに決まっている。危機にある国家だって、これと同じことだってのさ」

下手な譬《たと》え話まで工面しながら、現にダントンが議会の場で要求したのは、ジロンド派では考えも及ばないような大胆な一手だった。

「パリ全戸の家宅捜索を認めてほしい」

衝撃的な発言だった。ところが、ダントンが言葉を加えると、不思議と理にかなうように聞こえた。ああ、そんな、びっくりするような話じゃねえだろ。戦争に勝つため、皆が一丸となろうってときだ。反革命の裏切り者は、あらかじめ排除しておかねえとな。貴族？　ああ、逮捕しよう。外国人？　ああ、確かに怪しいな。宣誓拒否僧？　なかんずく危険な奴《やっ》らだ。ああ、そうなんだ。

「逮捕しなければならない輩《やから》が、たとえ三万人いたとしても、その三万人を明日には逮捕しなければならねえ。軍隊に提供するべき銃を納戸に隠すくらいのことなら、あるいは容赦されるべきなのかもしれねえが、そのときも武器だけは大人しく没収されるべきだろうさ」

うまいと、当座はデムーランも唸《うな》らされた。ダントンに最初に腹案を明かされたときから、これは妙手だと感心させられるばかりだった。

パリ全戸の家宅捜索というからには、ひとつにはいうまでもなく、パリの勢いを掣《せい》肘《ちゅう》する狙《ねら》いがある。たとえやましい覚えがなくとも、疑いをかけられていると思えば、誰もが身を慎まざるをえなくなるからだ。

少なくとも、誰かを攻撃する余裕はなくなる。再び武装蜂起《ほうき》を画策しようにも、軍隊のためと銃を没収されるのでは目処《めど》が立たない。十分な効果が期待されながら、それでいてパリの心証を害するわけではないのだ。

なんといっても、戦争に勝つためとの建前がある。貴族なり、外国人なり、宣誓拒否僧なり、実際に逮捕される者が出れば、人々の怒りはそこに向かう。サン・キュロットの不満はブルジョワに向かう前に、ブルジョワの反感はサン・キュロットに向かう前に、それぞれ反革命の祖国の敵に向けられるのである。

「そういえばジロンド派も、怒りを『オーストリア委員会』に誘導しようとしたね」

「はん、あれは単なる誤魔化《ごまか》しだろう。敗戦の責任を押しつけようにも、あのときは王を守ろうって一派がいたし、でなくたって、ジロンド派自身が王の大臣でいたいっていうんだ。土台が無茶な話だったのさ」

そうダントンが笑えば、もうひとりの書記官長ファーブル・デグランティーヌが後を受けた。ああ、ジロンド派とは違うよ。今度は単なる責任転嫁じゃない。

「革命の成就を邪魔し、フランスの破滅を喜ぶ輩を、実際に排除するわけだからな。実効があるうえに、人心まで操作できる。まさに一石二鳥さ」

ひっかかりは覚えないではなかった。が、そのときは妙手と感心するほうが先で、デムーランとて執拗《しつよう》になるではなかった。あとの二人は今も気にする素ぶりさえない。

「もうひとついえば、パリの受難には地方も溜飲《りゅういん》を下げる。傲岸不遜《ごうがんふそん》なパリが、みたことかというわけだ」

「とはいえ、ダントン、かねてからの反感を慰撫《いぶ》して、それで終わりというわけじゃないんだろう。地方ばんざいで済ませる気はなかったんだろう」

ファーブル・デグランティーヌに確かめられるまでもなく、すでに草案に盛りこまれていた。二十八日の議会演説でも曲げることなく、ダントンは地方にも負担を求めた。

「ああ、戦争に勝つってんなら、もちろんパリだけじゃあ足りねえ。フランス全土的な動きにしないと、始まらねえ。そのために議会、パリの蜂起の自治委員会、臨時執行評議会それぞれが委員を出して、地方に送り出すべきだろう。地方派遣委員には新兵の募集と物資の徴発を励行してもらわなければならないだろう」

デムーランはいよいよ舌を巻いた。うまいと再び唸らされたというのは、ひるがえって今度はパリが溜飲を下げられるからである。

その独断専行が嫌われる憾《うら》みはありながら、少なくともパリは戦おうとしていた。ロンウィ陥落が伝えられ、自身の危険を覚悟するや、素早く行動にかかってもいた。

周囲に陣地を組み上げ、また塹壕《ざんごう》を掘りながら、市内でも各戸の分業で三万本の槍《やり》が削られた。義勇兵の募集、登録作業にも熱心だ。蜂起の自治委員会は防衛戦争に、挙げて力を尽くしていたのだ。

「この熱い空気を地方にも伝えるべきだろう。派遣委員に指導させて、四の五のなんかいわせるものかい」

パリには家宅捜索、地方には派遣委員。かかる腹案を公《おおやけ》にしたうえで、八月二十九日、ダントンは今度はパリ市政庁に赴いた。議会での演説が勝手に伝わるままになるに任せず、自らの声と言葉で説明を試みたのだ。

パリの努力は高く評価していること、その努力を無駄にしたくないがための全戸家宅捜索であること、実施するのは各街区《セクシオン》で選ばれた委員であり、省庁の役人が乗りこむのでも、議会の代表が上がりこむのでもないということ等々、かねて馴染《なじみ》の連中に懇ろ《ねんごろ》に説くことで、政策の速やかな実行を心がけたのだ。

二十九日の午後四時には非常を告げる太鼓が打ち鳴らされた。六時には自分の家に帰っているよう、全市全街区で告知が徹底された。

組織力で知られたダントンの、まさに面目躍如といったところで、その夕《ゆうべ》は人口六十万を数える大都会パリの路上から一切の人影が消えるという、まさに前代未聞の珍事が目撃されたほどだった。

三十日朝、かくて家宅捜索は行われた。街区ごと三十人の定数で選ばれた委員の手で、全戸が虱《しらみ》つぶしに調べられ、その日は潔白が証明されたあとでなければ、自由な外出が許されなかった。

これまた前例がないくらいの徹底ぶりで、大量の銃が押収されただけではなかった。その一日で逮捕された反革命の容疑者は、パリ全市で三千人を数えたほどだった。

――よくぞ、これだけ隠れていたものだ。

デムーランは嘆息さえ強《し》いられた。それは探せば、いくらかはいるだろうと考えていたが、貴族から、外国人から、それに聖職者民事基本法を拒絶した聖職者、いわゆる宣誓拒否僧まで、これだけの数がパリに潜んでいたとは、まさに想像を絶する。家宅捜索を強行していなければ、不穏な輩がこれだけの数でパリに暗躍を続けたのかと思いつけば、俄《にわ》かに背筋が寒くなる。

大きな成果を上げたと、少なくともパリは大満足だった。が、いきすぎた摘発ではないか、それ以前に全戸の家宅捜索というのは無差別にもほどがあると、激怒する向きもないではなかった。いうまでもなく、富裕なブルジョワたちだ。

街区で選ばれたということは、捜索委員の大半がサン・キュロットで占められていた。下品で常識知らずの貧乏人どもに、どすどす屋敷に上がりこまれた。机を開けられ、長持ちを裏返され、あげくに蔵のものまで外に出された。抗議した日には「ただ軍隊のために武器を押収したいだけだ。文句をいうとは、フランス国民のくせに疑わしいぞ」と、事実無根の因縁をつけられた。つまるところ、不愉快きわまりない無礼を働かれたと、金満家たちは憤りを隠さなかったのだ。

その声を集約したのが、やはりというか、ジロンド派だった。三十日も午後に入り、内務大臣ロランは議会に乗りこんだ。要求した決議というのが、パリにおける蜂起の自治委員会の解散と、市政評議会議員の全員改選だった。

八月十日の不法行為に由来する組織であれば、その正統性には疑問符がつかざるをえない。いったん白紙に戻し、出直し選挙を経ることで、市政も禊《みそぎ》しては如何《いかが》か。そうした主張の是非は脇《わき》に措《お》くとして、デムーランは首を傾《かし》げずにおけなかった。

――パリの抑えは、ダントンに任せたんじゃないのか。

はっきりいって、業腹《ごうはら》だった。ダントンに任せたからには、途中で介入するべきではないだろう。介入されては、これまでの努力が水の泡になるからだ。

かたやブルジョワの支援を受けながら、地方にこそ自らの権力基盤を見出《みいだ》しつつあるジロンド派。かたやサン・キュロットに後押しされて、巨大都市パリを動かす蜂起の自治委員会。その双方が闘争を際限なくして、あげくにフランスが自滅することにならないよう、ダントンと僕らはぎりぎりの舵取《かじと》りを続けてきたのだ。

――それが振り出しに戻されるなら、もうフランスは滅茶苦茶《めちゃくちゃ》になる。

事実、両者の抗争は泥沼化するかにみえた。

議会の決定を受けて、蜂起の自治委員会は三十日の夕には解散と市政評議会選挙の実施を了承したものの、そのための具体的な動きとなると、なにも示そうとはしなかった。逆に打ち出したのが、内務大臣ロランと議会に対する抗議なのだ。

動いたのは、蜂起の自治委員会の書記タリアンだった。あくまで私的な運動とは断りながら、三十日の深夜から槍で武装した一団を集結させ、それを率いて三十一日の議会に乗りこんだ。正式な陳情でなく、ただ単に傍聴席から叫んだにすぎないとはいえ、前日の決定に対して声高に異を唱えた。

「もし我らを非難するなら、一七八九年七月十四日に革命を行い、それを今八月十日に確固たるものにし、かつまた向後《こうご》においても堅持せんとする人民そのものを非難するがよい」

世論の盛り上がりに自信を得たか、九月一日、蜂起の自治委員会は明言した。すなわち、議会による解散命令を拒絶する。ひとりの市政評議会議員も辞職せず、その全員が現職に留《とど》まる。

「人民を救うために残された、最後の手段に訴えるべきときだ。権力を人民に戻すべきなのだ」

そうした言葉でロベスピエールは、大臣こそ辞めさせせろ、議会こそ停止してしまえと、暗に仄《ほの》めかすことまでした。

かたわらで監視委員会も立ち上げられた。新たに組織されたのは、反革命の容疑者を逮捕、投獄、尋問するため、蜂起の自治委員会が独自に従える警察権力だった。

十五人の委員のひとりが誰あろう、辛辣《しんらつ》な個人攻撃で知られたジャン・ポール・マラ、その人だった。

「うまくいかないな」

溜《た》め息ながらにデムーランは頭を抱えた。監視委員会の設立など、ブルジョワ勢力の神経を逆撫《さかな》でするばかりだったからだ。マラの『人民の友』が売れるほど、新たな家宅捜索が行われる、今度は狙い撃ちで行われると、戦々恐々とならざるをえないからには、またジロンド派が黙ってはいないのだ。

「ああ、ほんと、うまくいかねえな」

「どうすればうまくいくかって、もうなにも思い浮かばないよ」

「といって、ファーブル・デグランティーヌ、なにも考えないわけにはいかないだろう。九月二日の議会でだって、なにがしかの演説は打《ぶ》たなきゃいけないんだから」

そうやって、法務省の大臣室に詰める日々が続いていた。三人で知恵を絞り、なんとか事態を打開しようとするのだが、うまくいかない。あちらを押せば、こちらが出てくるといった体《てい》で、全て丸く収まるということがない。というより、誰も譲らず、なにも我慢しようとしない。

——その空気が一変した。

九月二日を迎えてみると、まるで別になってしまった。

30——大胆に

そのとき、デムーランは議会の傍聴席にいた。

法務省書記官長として、閣僚席の後方に座することもできないではなかったが、こそこそダントンに耳打ちして、小細工を弄《ろう》するという気にはなれなかった。それよりも全体を見渡せる場所にいて、この奇蹟《きせき》的な瞬間を目撃したいと思うのは、どこか新聞屋の気分が抜けないせいなのか。

苦笑しかけて、デムーランは気がついた。議席も、傍聴席も、私語ひとつなく静まり返っていた。審議の幕間《まくあい》で演壇は空《から》になっているというのに、ざわとも空気は乱れようとはしなかった。

人が少ないわけではない。それどころか、どこもかしこも満席だった。

どちらか一方ばかりが幅を利かせていたわけでもない。亡命したり、でなくとも雲隠れしたりで、フイヤン派の姿だけはなかったが、ジロンド派も、その他のジャコバン派も、きちんと自分の議席に詰めていた。

ましてや驚きを禁じえないのが傍聴席だった。官邸のジロンド派筋がいれば、パリの蜂《ほう》起《き》の自治委員会も遅れず身構え、それでいて喧嘩《けんか》口論ひとつないというのだ。もちろん、汚い野次が飛び交うでもない。

――いや、朝はこうではなかった。

デムーランは思い出すほど、嘘《うそ》のような気さえした。事実として、法務省の奮闘は今朝まで続いた。ダントン、ファーブル・デグランティーヌ、そしてデムーランと額を寄せ合い、脳漿《のうしょう》を絞るようにして出した妥協案を、朝一番で議会に持ちこんだのだ。

すなわち、蜂起の自治委員会は解散する。パリ市政評議会議員選挙も行われる。が、その定数は三百人に増員される。八月十日に由来する議員も再選が許される。

――これならばパリの実利は守られ、同時にジロンド派の顔も立つ。

九時からの審議にかけられるや、その議論が紛糾《ふんきゅう》した。ジロンド派はあくまで全員再選なしの改選に固執する構えだった。かたわらでパリの大衆は、傍聴席から大声を投じることで、議事を掻《か》き回そうとした。蜂起の自治委員会の解散など言語道断、選挙もお断りだというのだ。

――まったく、おまえたちときたら……。

平行線を辿《たど》るまま、一時は結論など出ないかに思われた。が、議会は午後一時には、法務大臣発議の妥協案を可決させてしまったのだ。

　すんなり決着をみたというのは他でもない。もう、そんな瑣末《さまつ》な話にかかずらってはいられない。

「ヴェルダンが陥落した」

　九月一日の悲劇で、それが早くも二日午前にパリに届いた。

　天地を揺るがすほどの衝撃だった。なにせ国境地帯最後の要衝が、遂《つい》に抜かれてしまったのだ。プロイセン軍は早ければ一週間でやってくる。まさに生きるか死ぬかの局面が立ち現れてしまったのだ。

　パリの空気が一変したのは、それからの話である。蜂起の自治委員会は警鐘を鳴らした。全ての市門を閉鎖し、食糧から、武器から、馬から、軍隊で使うありとあらゆるものを徴発し、なによりシャン・ドゥ・マルスで六万人の義勇兵を組織した。

　かかる成果を議会に報告したのが正午頃の話で、このとき手放しの絶賛を捧《ささ》げ、さらに全国民の一致団結を呼びかけた議員が、ジロンド派のヴェルニョーだった。

「なんとなれば、我らが掘らなければならないのは敵の墓穴なのだ」

　数日来の抗争が、これで終結した。のみか、少なくとも当面は現状維持で、蜂起の自治委員会は解散せず、またパリ市政評議会議員も全員在職のままである。

　それを横目にジロンド派は文句をいうではない。逆に頼りにしながら、パリ防衛計画の詳細など問い合わせる。

　デムーランは傍聴席の隣の紳士に時刻を確かめた。懐中時計は二時少し前ということだった。ああ、歴史的な演説は九月二日の二時少し前だ。

　法務大臣ダントンが登壇した。臨時執行評議会の全閣僚を従えながら、まさに挙国一致内閣の体《てい》だった。

　――なんて幸運な……。

　そう言葉にすれば、あるいは不謹慎なのかもしれなかった。が、デムーランは思わずにいられなかった。ああ、ヴェルダン陥落という惨事にこそ救われた。ダントンは救われた。いや、臨時執行評議会が救われた。いや、蜂起の自治委員会が……。いや、ジロンド派が……。

「祖国は救われるだろう」

　と、ダントンは演説を始めた。それが証拠に全てがざわつき、と思うや実際に動き出し、今すぐにも戦わんと熱狂に駆られている。ある人々は自らその身を戦場に投じようと逸《はや》っている。また別な人々は塹壕《ざんごう》を掘り、第三の者は槍《やり》を担ぎ担ぎしながら、都市の内を守り抜こうと身構える。

「今こそ議会が戦争委員会となるべきときだ。だからこそ、俺は要求するのだ。ひとつ、一身を捧げ、武器を取る、そのことを嫌がるような輩《やから》は死刑に処されることを。ひとつ、議会が決議に達し次第、それを告知するべく、全県に急使が送られることを」

いくらか言葉の抽象化が進んだものの、発言の趣旨としては家宅捜索の実施、さらに派遣委員の設置という従来の政策に、さらに梃入《てこい》れしようというものである。

「もうひとつ要求する。臨時執行評議会と協力して公安の維持に努めるため、十二人の議員が選出されるべきことを」

非常時における大権委員会の設立、これは初出の構想だった。戦争というような非常時、わけてもヴェルダン陥落というような危急の事態においては、まさにフランスが自ら墓穴を掘るような諸勢力の争いを調停するためにも、あるいは監視委員会のようなものを立ち上げて、蜂起の自治委員会が独断専行することを抑えるためにも、議会こそが大権委員会を組織しなければならない。

それがダントン、ファーブル・デグランティーヌ、そしてデムーランが数日来、法務省で積み重ねた議論の結論だった。

――今なら容《い》れられないともかぎらない。

今回のヴェルダン陥落には、ジロンド派も、蜂起の自治委員会も、つまりは、ブリソやロランも、ロベスピエールやマラも、正直肝を冷やしたはずだった。ダントンのような全体を眺望する立場が必要であることも、そのような指導者には無条件に従わなければならないことも、痛感したはずなのだ。

事実、九月二日の議場は半円形の天井が割れんばかりの拍手喝采《はくしゅかっさい》の渦だった。壇上の閣僚たち、議席を占める議員たち、傍聴席に詰める群集、その全てが誰がフランスの指導者たるべきなのか、今まさに迷わず見定めたという証左である。

――ようやく、だ。

これで、ようやくフランスは前進できる。劣勢を強いられた戦争にも力を注いで、逆転の道筋を模索できる。まだまだ道は険しいながら、十二人委員会構想を含めた法務大臣ダントンの発議が全て容れられるのなら、未来はあながち悲観したものではないのだ。

――だから、カミーユ、おまえも仕事だ。

そう自分に言い聞かせて、デムーランは席を立ちかけた。

ダントンの演説も、もう終わりだ。歴史に残るであろう演説であるからには、少なくとも熱狂は生まれるだろう。誰も彼もが虜《とりこ》にされて、しばらくは常軌を逸した体にもなる。となれば、僕も人々につかまらざるをえない。ダントンに近い人間であることは、知らぬ者もないくらいだからだ。

その前に抜け出そうと、それがデムーランの考えだった。実際、椅子《いす》から腰は浮かせたのだが、きちんと立ち上がることまではできなかった。

ダントンは演壇を降りなかった。あれとデムーランが首を傾《かし》げる間に、その丸太のような腕を、ぶんと大きく振り回していた。刹那《せつな》に生まれた風圧で、ぐいと胸板を押された錯覚が生じるくらい、それは迫力に満ち満ちた動作だった。

すでにして、なにかを予感させる動作でもある。ああ、これから警鐘が鳴るだろう。が、その警鐘は決して警報ではない。それは祖国の敵に対する攻撃そのものだ。

「いいか。敵に勝とうと思うなら、大胆に、もっと大胆に、常に大胆に」

これしかない。そうすれば、フランスは救われる。かかる言葉でダントンが演説を結んだとき、大袈裟《おおげさ》でなく議場の空気は炸裂した。

言葉にもならない声を張り上げたとき、そこにいたのはフランス人ばかりだった。ああ、ブルジョワもなければ、サン・キュロットもない。ジロンド派もなく、蜂起の自治委員会もなく、あるのは祖国の同胞として、ともに戦おうと心を燃やす、ひたむきな人間ばかりなのだ。

――さすがだ。

と、デムーランは思った。さすがダントンは役者が違う。独特の言葉遣いは一瞬にして、あまねく人民大衆に霊感を与えてしまう。

大胆に、もっと大胆に、常に大胆に。かかる啓示に抗《あらが》おうとする者など、このフランスに一人としているはずもない。

――それにしても、大胆に、もっと大胆に、常に大胆に。

どういう意味なんだろうなと、デムーランは少し考えた。事前に打ち合わせられた言葉でないならば、まだ含意は説明されていなかった。

主要参考文献

・B・ヴァンサン『ルイ16世』神田順子訳　祥伝社　2010年
・J・Ch・プティフィス『ルイ十六世』（上下）小倉孝誠監修　玉田敦子／橋本順一／坂口哲啓／真部清孝訳　中央公論新社　2008年
・J・ミシュレ『フランス革命史』（上下）桑原武夫／多田道太郎／樋口謹一訳　中公文庫　2006年
・R・ダーントン『革命前夜の地下出版』関根素子／二宮宏之訳　岩波書店　2000年
・R・シャルチエ『フランス革命の文化的起源』松浦義弘訳　岩波書店　1999年
・G・ルフェーヴル『1789年―フランス革命序論』高橋幸八郎／柴田三千雄／遅塚忠躬訳　岩波文庫　1998年
・G・ルフェーブル『フランス革命と農民』柴田三千雄訳　未来社　1956年
・S・シャーマ『フランス革命の主役たち』（上中下）栩木泰訳　中央公論社　1994年
・F・ブリュシュ／S・リアル／J・テュラール『フランス革命史』國府田武訳　白水社文庫クセジュ　1992年
・B・ディディエ『フランス革命の文学』小西嘉幸訳　白水社文庫クセジュ　1991年
・E・バーク『フランス革命の省察』半澤孝麿訳　みすず書房　1989年
・J・スタロバンスキー『フランス革命と芸術』井上堯裕訳　法政大学出版局　1989

年
・G・セレブリャコワ『フランス革命期の女たち』（上下）　西本昭治訳　岩波新書　1973年
・スタール夫人『フランス革命文明論』（第1巻〜第3巻）　井伊玄太郎訳　雄松堂出版　1993年
・A・ソブール『フランス革命と民衆』　井上幸治監訳　新評論　1983年
・A・ソブール『フランス革命』（上下）　小場瀬卓三／渡辺淳訳　岩波新書　1953年
・G・リューデ『フランス革命と群衆』　前川貞次郎／野口名隆／服部春彦訳　ミネルヴァ書房　1963年
・A・マチエ『フランス大革命』（上中下）　ねづまさし／市原豊太訳　岩波文庫　1958〜1959年
・J・M・トムソン『ロベスピエールとフランス革命』　樋口謹一訳　岩波新書　1955年
・新人物往来社編『王妃マリー・アントワネット』　新人物往来社　2010年
・安達正勝『フランス革命の志士たち』　筑摩選書　2012年
・安達正勝『物語　フランス革命』　中公新書　2008年
・野々垣友枝『1789年　フランス革命論』　大学教育出版　2001年
・河野健二『フランス革命の思想と行動』　岩波書店　1995年
・河野健二／樋口謹一『世界の歴史15　フランス革命』　河出文庫　1989年
・河野健二『フランス革命二〇〇年』　朝日選書　1987年

・河野健二『フランス革命小史』岩波新書　１９５９年
・柴田三千雄『フランス革命』岩波書店　１９８９年
・柴田三千雄『パリのフランス革命』東京大学出版会　１９８８年
・芝生瑞和『図説　フランス革命』河出書房新社　１９８９年
・多木浩二『絵で見るフランス革命』岩波新書　１９８９年
・川島ルミ子『フランス革命秘話』大修館書店　１９８９年
・田村秀夫『フランス革命』中央大学出版部　１９７６年
・前川貞次郎『フランス革命史研究』創文社　１９５６年

◇

・Artarit, J., *Robespierre*, Paris, 2009.
・Bessand-Massenet, P., *Femmes sous la Révolution*, Paris, 2005.
・Bessand-Massenet, P., *Robespierre: L'homme et l'idée*, Paris, 2001.
・Bonn, G., *Camille Desmoulins ou la plume de la liberté*, Paris, 2006.
・Carrot, G., *La garde nationale*, 1789-1871, Paris, 2001.
・Chaussinand-Nogaret, G., *Louis XVI*, Paris, 2006.
・Claretie, J., *Camille Desmoulins, Lucile Desmoulins*, Paris, 1875.
・Cubells, M., *La Révolution française: La guerre et la frontière*, Paris, 2000.
・Dingli, L., *Robespierre*, Paris, 2004.
・Félix, J., *Louis XVI et Marie-Antoinette*, Paris, 2006.

- Furet, F., Ozouf, M. et Baczko, B., *La Gironde et les Girondins*, Paris, 1991.
- Gallo, M., *L'homme Robespierre: Histoire d'une solitude*, Paris, 1994.
- Gallo, M., *Révolution française: Le peuple et le roi 1774–1793*, Paris, 2008.
- Gallo, M., *Révolution française: Aux armes, citoyens! 1793–1799*, Paris, 2009.
- Hardman, J., *The French revolution source book*, London, 1999.
- Haydon, C. and Doyle, W., *Robespierre*, Cambridge, 1999.
- Lever, É., *Louis XVI*, Paris, 1985.
- Lever, É., *Marie-Antoinette*, Paris, 1991.
- Lever, É., *Marie-Antoinette: La dernière reine*, Paris, 2000.
- Marie-Antoinette, *Correspondance, T.1–T.2*, Clermont-Ferrand, 2004.
- Mason, L., *Singing the French revolution: Popular culture and politics 1787–1799*, London, 1996.
- Mathan, A.de, *Girondins jusqu'au tombeau: Une révolte bordelaise dans la Révolution*, Bordeaux, 2004.
- Mathiez, A., *Le club des Cordeliers pendant la crise de Varennes, et le massacre du Champ de Mars*, Paris, 1910.
- McPhee, P., *Living the French revolution 1789–99*, New York, 2006.
- Monnier, R., *À Paris sous la Révolution*, Paris, 2008.
- Ozouf, M., *Varennes, La mort de la royauté*, Paris, 2005.
- Philonenko, A., *La mort de Louis XVI*, Paris, 2000.

- Robespierre, M. de, *Œuvres de Maximilien Robespierre, T. 1–T. 10*, Paris, 2000.
- Robinet, J. F., *Danton homme d'État*, Paris, 1889.
- Saint Bris, G., *La Fayette*, Paris, 2006.
- Scurr, R., *Fatal purity: Robespierre and the French revolution*, New York, 2006.
- Tackett, T., *Le roi s'enfuit: Varennes et l'origine de la Terreur*, Paris, 2004.
- Tourzel, L. F. de, *Mémoires sur la révolution, T. 1–T. 2*, Clermont-Ferrand, 2004.
- Vovelle, M., *Combats pour la révolution française*, Paris, 2001.
- Vovelle, M., *Les Jacobins: De Robespierre à Chevènement*, Paris, 1999.
- Walter, G., *Marat*, Paris, 1933.

解　説

野　崎　歓

バスティーユ陥落二〇〇周年を控えた、一九八八年十二月のある晩のこと。当時、パリに留学していた僕は、下町のアパルトマンの一室で、中古テレビの画面に見入っていた。画面ではルイ十六世を死刑にすべきか否か、かつらをつけ、十八世紀風衣裳《いしょう》をまとった俳優たちによる侃々諤々《かんかんがくがく》の議論がたたかわされていた。国王裁判をやり直してみたらどうなるかという趣向の特別番組だったのである。視聴者も電話で投票に加わることができる、インタラクティヴな番組というふれこみだった。そして驚いたことに、国王はギロチンに送られずにすんだ。たしか五十五パーセントの視聴者が、死刑に「ノン」と答えたのだ。

もちろん正式な再審だったわけでは毛頭ない。とはいえ、フランス人たちのあいだにルイ十六世の処刑は行き過ぎだったと考える人たちがかなりいることは確かだろう。しかも、だからといって彼らの共和国市民としての意識が揺らぐわけではなさそうだ。国王が殺されたのは気の毒だった、でも国王は退場しなければならなかったのである。

共和国《レピュブリック》とは端的にいって、上に君主を戴かない国のことであり、さらにいえば市民が実力で王を排除した国のことだ。それは自由、平等、博愛の概念と（少なくとも建前の上では）いまだに強力に結びついている。フランス語の日常的言い回しで、「我々は共和国にいる」とは、ここは誰はばかることない自由の国だという意味である。いかに強力な権限を有していようとも、共和国大統領は国王でも皇帝でもない。テレビで国民に向け演説をするとき、大統領は必ず「フランス万歳、共和国万歳」の言葉でしめくくる。そうやって、フランス革命にまでさかのぼる政体の根幹に対する自分の忠誠を、国民に対しつねに示す必要があるかのようだ。

この巻で描かれるのは、まさしくそうした共和政が生み出されるにいたる直前の状況であり、そこにあるのはいわば、フランス近代にとっての〝原光景〟にほかならない。つまり、絶対的な権威とされてきた王家に対して直接、異を唱え、その存在すら否定せんとする市民たちの蜂起の光景である。

自然発生的に立ち上がった群衆とは、本来、名もなき集団であり、小説の中でキャラクターを与えて描き出すことは難しいだろう。フローベールやゾラに代表されるフランス十九世紀の小説家たちは、それを自分たちに課された試練として引き受けた。佐藤賢一もまた、改めてその試練に立ち向かう。

一七九二年八月十日、テュイルリ宮に押し寄せたパリ市民および同盟兵たちと、国王側の衛兵たちが対峙《たいじ》する場面を見るがいい。国王側の敗北に終わり、国王一家の幽閉へとつながっていく一幕であることは最初からわかっている。ところが読者は、先行きのまったくわからない決戦であるかのように胸を躍らせ、刻一刻と変化する情勢のただなかに身を置くスリルを存分に味わい、楽しむことができる。

一方でそれは、作者が物語的仕掛けをみごとに操り、われわれの興味をかきたててくれるからだ。カミーユ・デムーランが、この巻の重要人物である。ロベスピエールのかつての同窓生で、パレ・ロワイヤルでの「武器をとれ」という演説で革命の火付け役を果たした男だが、いまひとつ確たる自信をもてず、私生活面でもリュシルに純愛を捧げながらなかなか結婚にこぎつけることができない。決して英雄的とはいえない「駄目な男」（第一巻）、それだけにリアルで気にかかる人物としてここまで描き出されてきた。そのデムーランが晴れてリュシルと夫婦になり、子宝に恵まれる。しかし家庭の幸福と王制打破、息子かわいさと革命の大義は、はたして両立するものなのか。読者としてはやっぱり、この男にはらはらさせられつつ、テュイルリ宮前の硝煙たなびく光景に目を凝らすことになる。

同時に、デムーランの周囲に群れなす人びとの熱い息づかい、激しい戦いぶりがそこにはまぎれもなく描き出されている。女たちもかけつけている。マルセイユからはるばるやってきた連盟兵も加わり、『ラ・マルセイエーズ』の歌声が響きわたる。そして戦いが終わったとき、デムーランはテュイルリの鉄柵《てっさく》の向こう側に「パリの群集が張りついて」いるのに気づく。彼らは激戦のゆくえを、固唾《かたず》をのんで見守っていたのだ。

思えばすでに革命初期から、ミラボーはいっていた。「民衆の力しかない。それしか世界を動かせない」のだと（第二巻）。その言葉の正しさを、本書は改めて思わせる。都市に宿る力、つまりはパリそのものの力として、民衆の力が浮き彫りにされているように感じる。

革命においてパリの街区（セクション）が担った役割の重要さを、本書はよくわからせてくれる。一七九一年の憲法で、国民は能動《アクティフ》市民と受動《パッシフ》市民に二分された。前者は一定の税金を納める財産家をさし、彼らのみが選挙権および被選挙権をもった。いかにも、平等のモットーに反する話ではある。一七九二年、この区別の撤廃をパリのテアトル・フランセ街区が宣言した、という事実がさりげなく紹介されている。パリの街には、革命の動きをさらに先取りする積極性と果敢さが備わっていたわけだ。街区代表らは市政庁の一角を占拠して、着々と「サン・キュロット」、つまり無産階級の権利拡張を進めようとする。蜂起の成功も「ジロンド派の指から零れた」そうした勢力の結集によるものだったのである。

もちろん、セクションの中には富裕層が優位を占めるところもあり、そうしたセクションは蜂起の自治委員会から代表を引き上げもした。さらには、急進的性格を強めるパりと、それについていきかねる地方の対立が生じたことも記されている。地方からすれば「パリが全てを勝手に動かそうとしている」と見えかねなかったのだ。重要なのは、そうしたパリ発の動きが、ダントンはじめ革命の指導者たち、理論家たちの思惑と必ずしも一致せず、それどころかたえず彼らの予測を超えて想定外の事態を引き起こすことである。そこには何か得体の知れない、マグマ的な、コントロールしがたいものがある。なるほど、ロベスピエールは民衆の「正しさを言葉に置き換える」リーダーとして、パリジャンたちの圧倒的支持を集めている。デムーランはじめ、ジャーナリストや文士くずれの、要するに言葉を操ることに長けた者たちが革命の表舞台に立っているように見えることも確かだ。だが彼らも遅かれ早かれ、言葉ではコントロール不可能な状況へと追い込まれていくのである。

パリという都市に深く根ざす、そしてパリ市民のあいだからたえず立ち上ってくるそうした不穏なエネルギーをみごとに伝えるのが、八月九日から十日にかけて、夜の街路に鳴り渡った鐘の音ではないだろうか。

デムーランはマルセイユ連盟兵の代表たちを自宅に招いて、愛妻の手料理で歓待する。その陽気な宴がお開きになったころ、教会の鐘の音が聞こえてくるのである。「この近さはコルドリエ教会の鐘で間違いなかった。それも深夜には非常識な鳴らされ方で、明らかに警鐘である」

とうとう、ダントンはパリ市民に向けて決行の合図を出したのだ。「あら、誰の悪戯《いたずら》かしら」と呑気《のんき》なリュシルを尻目に、デムーランは胸を高鳴らせる。鐘が鳴るごとに彼の心臓の音も「どきっ、どきっと高くなる」のである。外に出てみれば、あちこちに火が焚《た》かれて町が明るい。そして通りには、鐘の音で起き出してきた人々の姿があった。

テュイルリ突撃という、バスティーユ陥落に次ぐ「第二の革命」とも呼ばれる重大事の火ぶたが切られようとするそのとき、パリの街全体に鐘が響き渡っていたとは知らなかった。手元の関連書を調べてみると、なるほど、「警鐘作戦」についてはミシュレの革命史をはじめとして言及がある。とはいうものの、本書を読むまで僕は、その音色のことを一度も考えてみたことはなかった。そしていまでは、八月十日のパリ蜂起と、がらんがらんと鳴る夜の鐘は、僕の頭の中で切っても切れない縁で結ばれてしまっている。小説のもつ喚起力のおかげである。

何しろパリの各セクション、全部あわせて四十八の鐘がいっせいに鳴り始め、明け方までやまなかったのだという。その凄《すさ》まじい、重々しく、かつまがまがしい響きに思いをこらすとき、当時のパリ市民たちを鼓舞した情念の一端がたしかに、つかめるような気持ちがする。人々は、ベッドで惰眠をむさぼってなどいられないという焦燥感に駆られたに違いない。革命のもっとも根底的な運動とはまさに、彼らがアパルトマンから表に飛び出していく、その動きのうちにあったのではないかとさえ思えるのだ。

これまたフランス語の表現では、「街頭に出る」とはそのまま、デモをする、抗議運動をするという意味になる。八月十日の精神はパリ市民に脈々と受けつがれ、おりおり息を吹き返す。そんなとき、彼らの頭の中では今も鐘の音が鳴り響いているのかもしれない。

八月十日蜂起の成功後、国王排除へと向けた動きは勢いを増す一方だ。革命は後戻りできないところまで来てしまったのである。この大長編もここからいよいよ面白くなる。デムーラン一家は、これからどうなるのか。ダントンを待っているのはいかなる運命か。そして民衆はどのような変貌を見せていくのか。『小説フランス革命』は、歴史の激動を小説で味わうことの楽しみを満喫させてくれる。

（のざき・かん　フランス文学者）

小説フランス革命 1〜18巻 関連年表

（■の部分が本巻に該当）

1

1774年5月10日	ルイ16世即位
1775年4月19日	アメリカ独立戦争開始
1777年6月29日	ネッケルが財務長官に就任
1778年2月6日	フランスとアメリカが同盟締結
1781年2月19日	ネッケルが財務長官を解任される
1787年8月14日	国王政府がパリ高等法院をトロワに追放
	――王家と貴族が税制をめぐり対立――
1788年7月21日	ドーフィネ州三部会開催
8月8日	国王政府が全国三部会の召集を布告
8月16日	「国家の破産」が宣言される
8月26日	ネッケルが財務長官に復職
	――この年フランス全土で大凶作――
1789年1月	シェイエスが『第三身分とは何か』を出版

3月23日	マルセイユで暴動
3月25日	エクス・アン・プロヴァンスで暴動
4月27～28日	パリで工場経営者宅が民衆に襲われる（レヴェイヨン事件）
5月5日	ヴェルサイユで全国三部会が開幕
同日	ミラボーが『全国三部会新聞』発刊
6月4日	王太子ルイ・フランソワ死去
6月17日	第三身分代表議員が国民議会の設立を宣言
1789年6月19日	ミラボーの父死去
6月20日	球戯場の誓い。国民議会は憲法が制定されるまで解散しないと宣誓
6月23日	王が議会に親臨、国民議会に解散を命じる
6月27日	王が譲歩、第一・第二身分代表議員に国民議会への合流を勧告
7月7日	国民議会が憲法制定国民議会へと名称を変更
	――王が議会へ軍隊を差し向ける――
7月11日	ネッケルが財務長官を罷免される
7月12日	デムーランの演説を契機にパリの民衆が蜂起

3

1789年7月14日 パリ市民によりバスティーユ要塞陥落
——地方都市に反乱が広まる——
7月15日 バイイがパリ市長に、ラ・ファイエットが国民衛兵隊司令官に就任
7月16日 ネッケルがみたび財務長官に就任
7月17日 ルイ16世がパリを訪問、革命と和解
7月28日 ブリソが『フランスの愛国者』紙を発刊
8月4日 議会で封建制の廃止が決議される
8月26日 議会で「人間と市民の権利に関する宣言」（人権宣言）が採択される
9月16日 マラが『人民の友』紙を発刊
10月5～6日 パリの女たちによるヴェルサイユ行進。国王一家もパリに移動

4

1789年10月9日 ギヨタンが議会で断頭台の採用を提案
10月10日 タレイランが議会で教会財産の国有化を訴える
10月19日 憲法制定国民議会がパリに移動
10月29日 新しい選挙法・マルク銀貨法案が議会で可決
11月2日 教会財産の国有化が可決される

11月頭	ブルトン・クラブが憲法友の会と改称し、集会場をパリのジャコバン僧院に置く（ジャコバン・クラブの発足）
11月28日	デムーランが『フランスとブラバンの革命』紙を発刊
12月19日	アッシニャ（当初国債、のちに紙幣としても流通）発売開始
1790年1月15日	全国で83の県の設置が決まる
3月31日	ロベスピエールがジャコバン・クラブの代表に
4月27日	コルドリエ僧院に人権友の会が設立される（コルドリエ・クラブの発足）
1790年5月12日	パレ・ロワイヤルで1789年クラブが発足
5月22日	宣戦講和の権限が国王と議会で分有されることが決議される
6月19日	世襲貴族の廃止が議会で決まる
7月12日	聖職者の俸給制などを盛り込んだ聖職者民事基本法が成立
7月14日	パリで第一回全国連盟祭
8月5日	駐屯地ナンシーで兵士の暴動（ナンシー事件）
9月4日	ネッケル辞職

5

1790年9月初旬　エベールが『デュシェーヌ親爺』紙を発行

1790年11月30日　ミラボーがジャコバン・クラブの代表に

12月27日　司祭グレゴワール師が聖職者民事基本法に最初に宣誓

12月29日　デムーランとリュシルが結婚

1791年1月　宣誓聖職者と宣誓拒否聖職者が議会で対立、シスマ（教会大分裂）の引き金に

1月29日　ミラボーが第44代憲法制定国民議会議長に

2月19日　内親王二人がローマへ出立。これを契機に亡命禁止法の議論が活性化

4月2日　ミラボー死去。後日、国葬でパンテオンに偉人として埋葬される

6

1791年6月20〜21日　国王一家がパリを脱出、ヴァレンヌで捕らえられる（ヴァレンヌ事件）

7

1791年6月21日	一部議員が国王逃亡を誘拐にすりかえて発表、廃位を阻止
7月14日	パリで第二回全国連盟祭
7月16日	ジャコバン・クラブ分裂、フイヤン・クラブ発足
7月17日	シャン・ドゥ・マルスの虐殺
1791年8月27日	ピルニッツ宣言。オーストリアとプロイセンがフランスの革命に軍事介入する可能性を示す
9月3日	91年憲法が議会で採択
9月14日	ルイ16世が憲法に宣誓、憲法制定が確定
9月30日	ロベスピエールら現職全員が議員資格を失う
10月1日	新しい議員たちによる立法議会が開幕
	——秋から天候が崩れ大凶作に——
11月9日	亡命貴族の断罪と財産没収が法案化
11月16日	ペティオンがラ・ファイエットを選挙で破りパリ市長に
11月25日	宣誓拒否僧監視委員会が発足

1791年11月28日　ロベスピエールが再びジャコバン・クラブの代表に
12月3日　亡命中の王弟プロヴァンス伯とアルトワ伯が帰国拒否声明
——王、議会ともに主戦論に傾く——
12月18日　ロベスピエールがジャコバン・クラブで反戦演説
1792年1月24日　立法議会が全国5万人規模の徴兵を決定
3月3日　エタンプで物価高騰の抑制を求めて庶民が市長を殺害（エタンプ事件）
3月23日　ロランが内務大臣に任命され、ジロンド派内閣成立
3月25日　フランスがオーストリアに最後通牒を出す
4月20日　オーストリアに宣戦布告
——フランス軍、緒戦に敗退——
6月13日　ジロンド派の閣僚が解任される
6月20日　パリの民衆がテュイルリ宮へ押しかけ国王に抗議、しかし蜂起は不発に終わる

10

1792年7月6日　デムーランに長男誕生
7月11日　議会が「祖国は危機にあり」と宣言
7月25日　ブラウンシュヴァイク宣言。オーストリア・プロイセン両国がフランス王家の解放を求める
8月10日　パリの民衆が蜂起しテュイルリ宮で戦闘。王権停止（8月10日の蜂起）
8月11日　臨時執行評議会成立。ダントンが法務大臣、デムーランが国璽尚書に
8月13日　国王一家がタンプル塔へ幽閉される

11

1792年9月
2～6日　パリ各地の監獄で反革命容疑者を民衆が虐殺（九月虐殺）
9月20日　ヴァルミィの戦いでデュムーリエ将軍率いるフランス軍がプロイセン軍に勝利
9月21日　国民公会開幕、ペティオンが初代議長に。王政廃止を決議
9月22日　共和政の樹立（フランス共和国第1年1月1日）
11月6日　ジェマップの戦いでフランス軍がオーストリア軍に勝利、約ひと月でベルギー全域を制圧

12

1792年11月13日	国民公会で国王裁判を求めるサン・ジュストの名演説
11月27日	フランスがサヴォワを併合
12月11日	ルイ16世の裁判が始まる
1793年1月20日	ルイ16世の死刑が確定
1月21日	ルイ16世がギロチンで処刑される
1793年1月31日	フランスがニースを併合 ——急激な物価高騰——
2月1日	国民公会がイギリスとオランダに宣戦布告
2月14日	フランスがモナコを併合
2月24日	国民公会がフランス全土からの30万徴兵を決議
2月25日	パリで食糧暴動
3月10日	革命裁判所の設立。同日、ヴァンデの反乱。これをきっかけに、フランス西部が内乱状態に
4月6日	公安委員会の発足
4月9日	派遣委員制度の発足

13

1793年5月21日	十二人委員会の発足
5月31日〜6月2日	アンリオ率いる国民衛兵と民衆が国民公会を包囲、ジロンド派の追放と、ジャコバン派の独裁が始まる
6月3日	亡命貴族の土地売却に関する法律が国民公会で決議される
6月24日	共和国憲法（93年憲法）の成立

14

1793年7月13日	マラが暗殺される
7月27日	ロベスピエールが公安委員会に加入
8月23日	国民総動員令による国民皆兵制が始まる
8月27日	トゥーロンの王党派が蜂起、イギリスに港を開く
9月5日	パリの民衆がふたたび蜂起、国民公会で恐怖政治（テルール）の設置が決議される
9月17日	嫌疑者法の成立
9月29日	一般最高価格法の成立

15

1793年10月5日　革命暦（共和暦）が採用される（フランス共和国第2年1月19日）
10月16日　マリー・アントワネットが処刑される
10月31日　ブリソらジロンド派が処刑される
11月8日　ロラン夫人が処刑される
11月10日　パリで理性の祭典。脱キリスト教運動が急速に進む
12月5日　デムーランが『コルドリエ街の古株』紙を発刊
12月19日　ナポレオンらの活躍によりトゥーロン奪還、
この頃ヴァンデの反乱軍も次々に鎮圧される

1794年
――食糧不足がいっそう深刻に――
3月3日　反革命者の財産を没収し貧者救済にあてる風月法が成立
3月5日　エベールを中心としたコルドリエ派が蜂起、失敗に終わる
3月24日　エベール派が処刑される

1794年4月1日　執行評議会と大臣職の廃止、警察局の創設
――公安委員会への権力集中が始まる――

16

17

4月5日	ダントン、デムーランらダントン派が処刑される
4月13日	リュシルが処刑される
5月10日	ルイ16世の妹エリザベート王女が処刑される
5月23日	ロベスピエールの暗殺未遂（赤服事件）
6月4日	共通フランス語の統一、フランス各地の方言の廃止
6月8日	シャン・ドゥ・マルスで最高存在の祭典。ロベスピエールの絶頂期
6月10日	訴訟手続きの簡略化を図る草月法が成立。恐怖政治の加速
6月26日	フルーリュスの戦いでフランス軍がオーストリア軍を破る
1794年7月26日	ロベスピエールが国民公会で政治の浄化を訴えるが、議員ら猛反発
7月27日	国民公会がロベスピエールに逮捕の決議、パリ自治委員会が蜂起（テルミドール九日の反動）
7月28日	ロベスピエール、サン・ジュストら処刑される

18

初出誌　「小説すばる」二〇一〇年五月号〜二〇一〇年八月号

二〇一二年六月に刊行された単行本『ジロンド派の興亡　小説フランス革命Ⅶ』と、同年九月に刊行された単行本『共和政の樹立　小説フランス革命Ⅷ』（共に集英社刊）の二冊を文庫化にあたり再編集し、三分冊しました。

本書はその二冊目にあたります。

佐藤賢一の本

ジャガーになった男

「武士に生まれて、華もなく死に果ててたまろうものか！」サムライ・寅吉は冒険を求めて海を越える。17世紀のヨーロッパを駆けぬけた男の数奇な運命を描く、著者デビュー作。

佐藤賢一の本

傭兵ピエール（上・下）

魔女裁判にかけられたジャンヌ・ダルクを救出せよ——。15世紀、百年戦争のフランスで敵地深く潜入した荒くれ傭兵ピエールの闘いと運命的な愛を雄大に描く歴史ロマン。

佐藤賢一の本

王妃の離婚

1498年フランス。国王が王妃に対して離婚裁判を起こした。田舎弁護士フランソワは、その不正な裁判に義憤にかられ、孤立無援の王妃の弁護を引き受ける……。直木賞受賞の傑作。

佐藤賢一の本

カルチェ・ラタン

時は16世紀。学問の都パリはカルチェ・ラタン。世間知らずの夜警隊長ドニと女たらしの神学僧ミシェルが巻き込まれたある事件とは？　宗教改革の嵐が吹き荒れる時代の青春群像。

集英社文庫

集英社文庫　目録（日本文学）

佐々木譲　回廊封鎖
佐藤愛子　淑女失格　私の履歴書
佐藤愛子　憤怒のぬかるみ
佐藤愛子　死ぬための生き方
佐藤愛子　結構なファミリー
佐藤愛子　風の行方(上)(下)
佐藤愛子　こたつの人　自讃ユーモア短篇集一
佐藤愛子　大黒柱の孤独　自讃ユーモア短篇集二
佐藤愛子　不運は面白い　幸福は退屈だ　人間についての断章326
佐藤愛子　老残のたしなみ　日々是上機嫌
佐藤愛子　不敵雑記　たしなみなし
佐藤愛子　自讃ユーモアエッセイ集　これが佐藤愛子だ　1〜8
佐藤愛子　日本人の一大事
佐藤愛子　花は六十
佐藤愛子　幸福の絵
佐藤賢一　ジャガーになった男

佐藤賢一　傭兵ピエール(上)(下)
佐藤賢一　赤目のジャック
佐藤賢一　王妃の離婚
佐藤賢一　カルチェ・ラタン
佐藤賢一　オクシタニア(上)(下)
佐藤賢一　革命のライオン　小説フランス革命1
佐藤賢一　パリの蜂起　小説フランス革命2
佐藤賢一　バスティーユの陥落　小説フランス革命3
佐藤賢一　聖者の戦い　小説フランス革命4
佐藤賢一　議会の迷走　小説フランス革命5
佐藤賢一　シスマの危機　小説フランス革命6
佐藤賢一　王の逃亡　小説フランス革命7
佐藤賢一　フイヤン派の野望　小説フランス革命8
佐藤賢一　戦争の足音　小説フランス革命9
佐藤賢一　ジロンド派の興亡　小説フランス革命10
佐藤賢一　八月の蜂起　小説フランス革命11

佐藤賢一　共和政の樹立　小説フランス革命12
佐藤賢一　サン・キュロットの暴走　小説フランス革命13
佐藤賢一　ジャコバン派の独裁　小説フランス革命14
佐藤賢一　粛清の嵐　小説フランス革命15
佐藤賢一　徳の政治　小説フランス革命16
佐藤賢一　ダントン派の処刑　小説フランス革命17
佐藤賢一　革命の終焉　小説フランス革命18
佐藤賢一　黒王妃
佐藤正午　永遠の½
佐藤多佳子　夏から夏へ
佐藤初女　おむすびの祈り　「森のイスキア」こころの歳時記
佐藤初女　いのちの森の台所
佐藤真海　ラッキーガール
佐藤真由美　恋する短歌　22 short love stories
佐藤真由美　恋する歌音《カノン》　こころに効く恋愛短歌50
佐藤真由美　恋する四字熟語

集英社文庫　目録（日本文学）

集英社文庫

八月《はちがつ》の蜂起《ほうき》 小説《しょうせつ》フランス革命《かくめい》11

2014年10月25日 第1刷
2020年10月10日 第2刷

定価はカバーに表示してあります。

著 者 佐藤賢一《さとうけんいち》

発行者 徳永 真

発行所 株式会社 集英社
東京都千代田区一ツ橋2-5-10 〒101-8050
電話 【編集部】03-3230-6095
【読者係】03-3230-6080
【販売部】03-3230-6393(書店専用)

印 刷 凸版印刷株式会社

製 本 凸版印刷株式会社

フォーマットデザイン アリヤマデザインストア　　マークデザイン 居山浩二

ISBN978-4-08-745236-5 C0193